Antes da meia-noite

Menalton Braff

Ilustradora: Juliana Russo

editora ática

Antes da meia-noite
© Menalton Braff · 2007 – menalton.braff@paginadacultura.com.br
Representado pela Página da Cultura – paginadacultura@pobox.com

DIRETOR EDITORIAL · Fernando Paixão
EDITORA · Gabriela Dias
EDITOR ASSISTENTE · Emílio Satoshi Hamaya
COORDENADORA DE REVISÃO · Ivany Picasso Batista
REVISÃO · Luciene Lima

ARTE
EDITORA · Cintia Maria da Silva
DIAGRAMADORA · Thatiana Kalaes
PROJETO GRÁFICO · Tecnopop (Marcelo Curvello, Felipe Kaizer)
EDITORAÇÃO ELETRÔNICA · Exata
FONTE · FF Quadraat (Serif, Sans, Sans Condensed & Head),
de Fred Smeijers, editada pela FontShop em 1993

CIP-BRASIL - CATALOGAÇÃO NA FONTE
SINDICATO NACIONAL DOS EDITORES DE LIVROS, RJ

B791a

Braff, Menalton, 1938-
   Antes da meia-noite / Menalton Braff ; Juliana
Russo (ilustr.). - São Paulo : Ática, 2007
   120p. : il. - (Sinal aberto)

   Apêndice
   Contém suplemento de leitura
   ISBN 978 85 08 11267-8

   1. Literatura juvenil. I. Russo, Juliana. II. Título.
III. Série.

07-2695.   CDD: 028.5
                                      CDU: 087.5

ISBN 978 85 08 11267-8 (aluno)
ISBN 978 85 08 11268-5 (professor)

2017
1ª edição
10ª impressão
Impressão e acabamento: Bercrom Gráfica e Editora

Todos os direitos reservados pela Editora Ática, 2007
Av. Otaviano Alves de Lima, 4400 – CEP 02909-900 – São Paulo, SP
Atendimento ao cliente: 4003-3061 – atendimento@atica.com.br
www.atica.com.br

IMPORTANTE: Ao comprar um livro, você remunera e reconhece o trabalho do autor e o
de muitos outros profissionais envolvidos na produção editorial e na comercialização
das obras: editores, revisores, diagramadores, ilustradores, gráficos, divulgadores,
distribuidores, livreiros, entre outros. Ajude-nos a combater a cópia ilegal! Ela gera
desemprego, prejudica a difusão da cultura e encarece os livros que você compra.

sinal aberto  *comportamento*

Entre o real e o virtual

Aline tem 16 anos e está no primeiro ano do Ensino Médio... pela segunda vez. É que ela foi **reprovada** e sua autoestima anda pra lá de abalada. Na verdade, a garota não vê muita graça em quase nada. Só curte o pessoal da internet.

Por ela, passaria todo o tempo livre e mais um pouco nas **salas de bate-papo**, conversando, falando sobre nada, se divertindo. Mesmo assim, ela reconhece que foi esse **vício** que a fez perder o ano na escola. Tenta sair dessa rotina, mas é difícil – nada a atrai na vida real.

Durante uma aula, Aline é chamada pela diretora. O motivo é terrível: o banco em que sua mãe trabalha está sendo **assaltado** e a mãe é mantida como refém.

Enquanto assiste a tudo pela TV, **Aline se desespera**, reavalia o seu comportamento e a relação com a mãe. Percebe que existem coisas no mundo real que merecem sua atenção e decide mudar a partir dali... Mas nada é tão simples, ainda mais agora que ela está **apaixonada** por um garoto que conheceu na internet.

Não perca!

- Perigo e violência num assalto a banco e o sensacionalismo da televisão.
- Os conflitos de uma adolescente que prefere sua vida virtual à realidade do dia a dia.

Em **Antes da meia-noite**, você vai se identificar com o cotidiano dessa garota e perceber que a vida pode ser muito **surpreendente** se dermos uma chance a ela.

Sumário

1 · A Megera me chama 7
2 · Meu baile de formatura 12
3 · Trancados no banheiro 19
4 · Momentos de tensão 24
5 · O namorado da minha mãe 29
6 · Todo o dinheiro do mundo 36
7 · Um poeta no *chat* 44
8 · O bispo é nosso 52
9 · Tem um senhor lá na portaria 59
10 · Um cheiro antigo 65
11 · Bolinho de chuva 71
12 · O maior sucesso 76
13 · A *pop star* está com fome 80
14 · Que surpresa! 83
15 · Véspera de prova 90
16 · Calor e movimento 95
17 · Pipoca no escuro 99
18 · Apresentação formal 104
19 · Salve, Letícia! 110

Bate-papo com Menalton Braff 113
Obras do autor 119

1

A Megera me chama

A Carol continua me olhando sem entender o meu cochicho. Então, repito um pouco mais alto que o risco de sol em cima da minha carteira me deixa cega.

— Vem mais pra cá — ela diz, invadindo um pouco do corredor.

Inicio a manobra de fuga daquele risco incômodo de sol, mas a dona Carla vira-se para a classe e nos flagra:

— Então, dona Aline, algum problema?

A dona Carla foi uma das professoras que, no ano passado, votaram pela minha reprovação. Sempre senti que ela não vai com a minha cara. E não é que eu desgoste dela, mas esses nomes da Biologia me dão calafrios. Não consigo decorar os tais de repidóforos dos filocôndrios dela. Mas tenho feito força. Repetir outra vez seria uma tragédia.

Este feixe de sol batendo no caderno parece que me deleta os últimos neurônios, que já são poucos, porque ontem passei da meia-noite num *chat*. O sol bate em cheio no meu sono. Olho a lousa em que a dona Carla acaba de desenhar: uma obra de arte, não fossem aqueles nomezinhos indicados por flechas. Preciso responder. Ela usa giz de várias cores, e o desenho dela fica mais bonito do que o do livro. Preciso responder com urgência.

A classe toda sabe que sou repetente, por isso os colegas me olham como se eu estivesse montada num cabo de vassoura. Não posso ficar calada, dando razão a eles, que não param de me olhar.

— Este sol aqui — consigo finalmente gemer.

A professora se aproxima de mim, com toda certeza para descobrir nos meus olhos o tamanho do meu sono.

— Encoste sua carteira na carteira da Carol.

Fico olhando a dona Carla sem acreditar que ela possa pensar como qualquer um de nós. Meu rosto está quente, mas arredo-me vitoriosa para o lado da Carol. Olho em volta e sinto que meu olhar de triunfo chicoteia alguns dos colegas, os mais decepcionados com o desfecho do episódio.

Começo a entender a meiose e os cromossomos, mas me parece uma brutalidade sacrificar a mãe por duas filhas. Não vou comentar a minha opinião com ninguém porque muitos daqui já olham torto para esta mania de reformar o mundo. "Cito e logia, entenderam?" E logia uma batida de leve à porta. Pequena cela que resultou em célula. As batidas agora são mais fortes e prolongadas; mesmo assim, a dona Carla, empolgada, nada ouve.

Um dos meninos do gargarejo avisa:

— A porta, professora.

A dona Carla faz uma careta de desagrado pela interrupção, e muitos de nós rimos porque ela sabe essa coisa infantil de fazer caretas de desagrado, com o lábio inferior espichado, os olhos espremidos em suas órbitas e a cabeça sacudindo em movimentos rápidos. Só desmancha sua careta ao abrir a porta e deparar com uma inspetora de alunos. Não ouvimos o que as duas se dizem, mas ouço o meu nome chamado pela professora:

— Dona Adélia está chamando você — informa a dona Carla.

Só posso ficar vermelha, pois tudo que eu faça é debaixo dos holofotes da turma. Mas ainda olho para a Carol e cochicho:

— Reze por mim, que a Megera me chama.

Nossos passos apressados reboam nas paredes altas e nuas do corredor. Não resisto à curiosidade e ao medo e pergunto à inspetora se tem ideia do que aconteceu. Minha voz melosa, quase de choro, pode estar desafinada, mas acho que é sedutora. Trato a inspetora de senhora, tentando convertê-la à minha causa. Ela responde seca que não, que não sabe de nada. Ela deve saber, porque são elas que levam tudo até a Megera, mas se recusa a me dizer como vingança pelos maus-tratos recebidos dos alunos em geral.

No fim do corredor, começamos a descer os degraus da escadaria e o mármore aumenta o volume do nosso toc-toc-toc. Tento pensar alguma coisa, arranjar uma desculpa razoável, então me lembro de que não sei a causa da convocação. Insisto com a inspetora, agora com voz de choro, uma honesta e sincera voz chorosa porque o medo me apavora. A dona Adélia é exagerada nos castigos.

Não me lembro de ter visto esta inspetora no ano passado. Acho que ela é nova por aqui. Incrível como já assimilou o jeito das outras: cara fechada, passo militar, seco, andando sempre em linha reta, com pressa, dando a impressão de alguma atividade urgente à sua espera. Se fosse uma das antigas, ela me falava alguma coisa. Sei que falava.

Entramos pelo corredor que vai até a porta da Megera — a porta da caverna — e me bate uma ideia assustadora bem dentro do crânio, cá onde sei o que sei: será que o Gabriel me caguetou?

Só me lembrei de que não tinha levado a chave quando desci do ônibus. Perguntei na portaria se a minha mãe já tinha chegado e o porteiro respondeu que não. Então resolvi esperar por ela no saguão para subirmos juntas. Não gosto de ver a noite entrando pela janela sozinha no apartamento. É uma hora triste porque o dia não existe mais, e a noite ainda vai demorar algum tempo.

Na entrada do saguão, encontrei o Gabriel, que vinha do *playground*, onde tomara conta da Beatriz, sua irmã de cinco anos.

Ver o Gabriel sem o uniforme de todos os dias me deu a sensação de que é outra pessoa. A gente mora no mesmo prédio; apesar disso, nos encontramos muito pouco. Além da escola, eu tenho o inglês e o balé. O Gabriel parece que faz judô e mais um curso que eu nunca entendi direito.

A Beatriz foi embarcada no elevador e o Gabriel voltou pra me fazer companhia. Foi o que ele disse:

— Você acha ruim se eu te fizer companhia?

Ele é assim: todo cheio de dedos. Mas eu sei por quê. Depois do baile de formatura, toda vez que pode, ele me aborda. Já disse que não, que ficar é uma coisa, namorar é bem diferente. Ele é bonito, o Gabriel, mas um pouco apagado. Não é como os outros meninos da nossa idade. Ele me parece muito certinho.

— Pelo contrário. Acho até é muito bom.

Sentamos no sofá da sala de estar e ele me pediu pra ver o material do inglês.

— Você gosta?

Não entendi a pergunta.

— Se eu gosto?

— Do inglês.

Então me queixei a ele que detesto as aulas de inglês, pois acho muito difícil; mas, na cabeça da minha mãe, não cabe a sua única filha sem falar pelo menos uma língua estrangeira. "Por achar difícil mesmo", ela diz, "por achar difícil é que precisa estudar fora". Além disso, ela me prometeu uma viagem para a Disney se eu passar de ano.

— Ela te comprou?

Não gostei muito do sorriso cheio de malícia do Gabriel, mas preferi não responder. Bem que entendi a insinuação dele, mesmo assim fiquei quieta.

Até o ano passado estudamos sempre na mesma classe, então levei bomba e fiquei para trás. Éramos bons amigos, mas crescemos e nos afastamos. Ele não me olha mais com a ingenuidade de antigamente.

Tentando desconversar, comecei a falar dos passos do balé, de peças que conheço. Ele se mostrou interessado, perguntou se nas férias podia assistir a algumas aulas.

Depois, como era inevitável, nos ocupamos da escola, o nosso ponto de união. O mais gostoso era falar dos professores. Os que consideramos legais e por quê. Em quase tudo a gente concordava; mas, quando chegou a vez da dona Carla, ele não concordou em nada comigo. Disse que ela era muito competente, que não precisava de livro pra dar aula e que tinha domínio de classe.

— Na aula da dona Carla, ninguém faz bagunça.

Comecei a concordar com ele:

— Na verdade, o que eu detesto são aqueles nomes que a gente tem de decorar.

Por fim, a diretora, dona Adélia. Nova divergência. Ele disse que era severa, mas muito educada. E competente. Que os jornais, de vez em quando, publicavam artigos da diretora sobre educação.

— Ela é autoridade no assunto, entende?

E eu, que não gosto da dona Adélia, fiz cara de zombaria.

— Putz, meu, a Megera autoridade em educação? Qual é, Gabriel! Aquele monstro ficava muito melhor num campo de concentração!

Ele sorriu sacudindo a cabeça, que não, ele sabia muito bem o que estava dizendo. Por algum tempo ficamos em silêncio, então percebi que ele respirou fundo e mudou de cor.

— Sabe — ele começou —, às vezes eu sinto muita saudade daquele baile. E acho que você ainda não percebeu, mas sou muito a fim de você.

Sei que fiquei muito vermelha. Sempre fico. Gosto do Gabriel como amigo, mas acho ele meio careta. Então disse pra ele que amizade sim, tudo bem, mas era só isso. Acho que ele ia dizer mais alguma coisa quando a minha mãe apareceu na porta.

2

Meu baile de formatura

Fico gelada, no meu corpo estreito, só de pensar que o Gabriel foi quem me entregou à Megera.

— Você não acha que foi o Gabriel?

Eu jogo assim, direto e de surpresa, contando com a distração da inspetora. Ela, impávida dentro do seu uniforme engomado, responde sem ao menos me olhar:

— O que tem o Gabriel?

Pronto, agora ela está precavida e não adianta mais insistir.

— Nada não, eu pensei alto, só isso.

— Você sempre fala sozinha?

Quem este filhote de Megera pensa que é, pra me insultar desse jeito? Não ouso replicar, no entanto, que a minha vida já anda devagar de tão enredada. Sem piedade nenhuma, meus olhos fazem dois furos na cabeça penteada dela.

Passamos por um trecho mais escuro do corredor e não consigo disfarçar a minha raiva contra a inspetora:

— E você pode me explicar por que é que vocês todas têm esta mesma cara?

A bedel, acho que segura a mão com tremuras que nem um banho de sais vai curar. Ela diminui o passo e me encara. O que a sua mão não faz está escrito na sua fisionomia. A inspetora quase me segura pelo ombro, mas lembra-se a tempo e recolhe o braço agressor. Ela sabe que isso custaria o seu emprego. As mãos, as mãos são seres perigosos.

— De que cara você está falando, menina?

Tenho consciência de que a minha raiva sofre um desvio de rumo. Esta moça, apesar da aparência militar, não me fez nada de mal. Mas não tenho como esmagar a cabeça do Gabriel, pelo menos por enquanto, e a Megera é um excesso de mulher: não dou conta. Só por isso, por ser quem está mais perto, descarrego a minha raiva nela. Então prefiro ficar quieta. A minha mãe vive buzinando isso, que com medo eu sou muito descontrolada. O melhor é ficar quieta. E fico.

Na frente da porta da caverna, fazemos alto de repente, com direito a batidas de sapato no piso de ladrilhos decorados. Um grupo de pivetes vai passando e eles não param de olhar pra mim. Já estão entrando naquele trecho mais escuro do corredor e viram a cabeça para me olhar. Eles cochicham e riem como uns idiotas. Mas eu sei o que eles estão pensando: "essa infeliz aí (eu) é uma prisioneira e vai-se estrepar na mão da Megera". Sei muito bem o que estão pensando, pois é assim mesmo que me sinto.

Enquanto a inspetora bate à porta, mostro a língua pros pivetes, que saem correndo e dando gargalhadas. Na esquina do corredor, ainda param para me observar. Mas agora eu finjo que não vejo mais eles. Eu já botei o coração dentro da mão apertada para evitar seus pulos doidos, descontrolados. Isso bate pelo lado de dentro dos meus ouvidos.

Lá do outro lado da porta da masmorra, uma voz abafada ordena que entremos. A sala da Megera, que a gente chama de caverna, é maior e mais bonita do que qualquer sala de aula. Ela é decorada com bandeiras, mapas, uns cartazes feitos pelos alunos em campanhas do ano passado. A escrivaninha tem um vidro sobre a tampa e, por baixo do vidro, quadros, calendários, um monte de fotografias e uns pensamentos. Uma estatueta de ferro — acho que é Dom Quixote e seu escudeiro Sancho — ajuda a fixar uma vasilha pequena cheia de lápis e canetas.

Ficamos paradas bem perto da escrivaninha, e a dona Adélia, com o telefone pressionado pelo ombro ao ouvido esquerdo, ainda examina alguns papéis que assina e vai empilhando com o rosto para baixo. Em decúbito abdominal. Eu me lembro das aulas de Educação Física e sinto vontade de rir.

Depois de assinar o último papel e dizer "sim, sim, está bem" antes de desligar o telefone, ela, a própria diretora, me olha com um ar enternecido, quase doce, para dizer que sente, sente, minha filha. Com um gesto de mão, ela afasta a minha carcereira. Me olha mais uma vez e sorri.

Não, eu aposto que o Gabriel está fora desta história. Aliás, já faz mais de um ano que ele não larga do meu pé. Mais de um ano.

Foi bem assim.

A minha mãe andava de saco cheio com o Sérgio, nem me lembro por quê, o meu pai cuidando da sua vida lá pelo Norte, os irmãos dela cada um com uma desculpa, ela acabou pedindo ao pai do Gabriel para dançar a valsa comigo.

Eu já estava pronta, vestida e maquiada, quando ela telefonou. O balanço da agência não batia.

Comecei a chorar, me sentindo o último dos seres humanos, porque era o baile do nono ano, meu Deus.

— Mãe, a senhora tem consciência de que eu nunca mais na vida vou fazer o nono ano, mãe?

A maquiagem começou a borrar, mas eu nem aí com ela. Como é que no dia mais importante da minha vida eu ficava presa neste maldito apartamento? Ela falava, falava do lado de lá, e eu não ouvia porque meu choro cobria tudo.

Por fim, quando me acalmei um pouco, ela estava dizendo:

— Mas, filha, o doutor Lucas é seu padrinho de valsa, ele está no andar de cima e vai ao baile com a família. Ele pode te levar. Não se esqueça de que o baile também é do Gabriel. Eu saio daqui e vou direto para o clube, Aline. Antes da valsa, você vai ver, eu já estou lá. Vamos, querida, pare de chorar.

Ainda embirrei um pouco porque me sentia muito mal. Só desemburrei quando ela prometeu que telefonaria ao pai do Gabriel e diria o que estava acontecendo.

— Bom, então, se é assim. Antes da valsa? — eu ainda perguntei.

— Antes, minha gatinha. Nem que eu tenha de jogar uma bomba nesta droga de agência.

Ela ter falado mal da agência do banco, minha concorrente direta, foi o que melhorou muito meu humor.

Dez minutos depois, eu ainda não tinha terminado de retocar a maquiagem, quando o doutor Lucas tocou a campainha me convidando para tomar um lanche no apartamento deles.

E foi assim que acabei indo para o meu baile de formatura ao lado do Gabriel, no banco de trás do carro deles, nós dois, por causa da nossa roupa, como um casal de nubentes, na linguagem charmosa da dona Graziela. Todos nós rimos do que ela disse; o Gabriel menos que os outros, meio encabulado.

Na descida pelo elevador, depois atravessando a garagem até o carro do doutor Lucas, percebi que as pessoas me olhavam espantadas. *Aonde vai essa noivinha aí?* Não sei quem teve a infeliz ideia de vestir as meninas de longo branco e os meninos de *smoking* e *black tie*. Maior vexame, sair pela rua dando espetáculo. No clube, entretanto, com todos nós vestidos mais ou menos do mesmo jeito, na nossa festa, já não me sentia num palco, como antes.

Os pais do Gabriel saíram procurando a mesa sessenta e sete enquanto nós dois, de mãos dadas, fomos atrás da nossa turma. Era um pouco cedo, mas já havia muita gente no salão. O Gabriel não queria largar a minha mão e eu não estava achando ruim, *de jeito nenhum*. Ele não é de falar muito; mas, quando fala, sabe muito bem o que diz.

Nunca vi aquela turma tão eufórica como estava naquela noite. Os meninos, feito uns babacas, ficavam dando-se empurrões e soltando gargalhadas, sem conter aquela alegria infantil. Muitos deles eu acho que nunca tinham ido a um baile. Por isso, pensavam que era assim mesmo que um garoto tem de se comportar em seu baile de formatura. As meninas, não é por falar, já se comportavam bem mais como mocinhas, tomando cuidado com a maquiagem e com os penteados.

Quando terminamos de abraçar, sem muito empenho, claro, por causa de maquiagens e penteados, todos da nossa classe, o 9º B, o Gabriel voltou a pegar a minha mão e cochichou no meu ouvido que queria me mostrar uma coisa. Perguntei o que era e ele disse apenas:

— Lá fora, no jardim.

Atravessamos o salão, descemos as escadarias e nada de o Gabriel dizer uma só palavra. Então enveredamos por um caminho de saibro emoldurado por renques regulares de buchinhas até o escuro de um caramanchão. Ali paramos e o Gabriel ficou tentando descobrir meus olhos, mas acho que não via coisa nenhuma. Pelo menos dele eu só via a camisa branca e mais nada.

Aquilo não saía do lugar; então, perguntei:

— O que é que você vai me mostrar?

Ele apertou mais a minha mão, que ainda não tinha largado, e respirou todo o ar da noite como se fosse a única salvação.

— *Eu nunca beijei menina nenhuma* — ele disse gaguejando.

— Credo, Gabriel, você me traz até aqui no escuro só pra me dizer isso?!

Tive a intuição de que ele estava despenhando na tristeza naquela noite quente, estrelada, em que já se ouvia a orquestra iniciando uma balada lá no salão. Estávamos longe do burburinho e sem testemunhas. As pessoas que subiam do estacionamento não podiam imaginar que ali, debaixo daquele caramanchão, estava um garoto da minha idade dando seus primeiros passos na tentativa de conhecer o sexo oposto. De repente desceu do céu estrelado um silêncio muito grande, tão grande que até a respiração um do outro a gente ouvia.

Abracei o Gabriel e colei meus lábios nos dele, forçando para que ele os abrisse mais. Nós dois estávamos tremendo. Depois do primeiro, seguiram-se outros beijos, não muito demorados, mas sedentos de uma sede recém-descoberta.

Por fim, o Gabriel disse que queria ficar comigo naquela noite e eu concordei. Ele me parecia meio parado, um pouco inexperiente, mas nada que me comprometesse.

Foi assim. Foi bem assim que o Gabriel se iniciou no longo exercício do amor.

Estávamos subindo de volta as escadarias para o salão quando ouvi meu nome, numa voz doce e muito familiar, vinda de trás. O Gabriel fez menção de largar a minha mão, mas aí foi a minha vez de segurar. Era a minha mãe chegando. Ela não estava produzida, como a maioria das mulheres, mas juro que naquele clube não tinha uma única mulher bonita como ela. A minha mãe faz o gênero despojado, simples e displicente, que calha muito bem a uma executiva. Mas tinha passado pelo apartamento, porque estava com um longo muito chique que eu conhecia bem e que raramente ela usava.

— Mas como, a senhora já por aqui, mãezinha!

Eu, que desde o início da noite me sentia a primeira órfã da família, estava emocionada. Eu duvidava que ela chegasse antes da valsa.

Ela ficou entre nós dois, com um braço por cima do ombro de cada um. E assim subíamos o último lance da escadaria.

— Pois é, filhinha, o contador descobriu uma inversão num lançamento e em menos de meia hora o balanço bateu. E aqui estou.

Ela estava muito feliz, acho que por ter cumprido a promessa de chegar antes da valsa.

Até o fim do baile, fiquei com o Gabriel. Ele foi perdendo aos poucos o acanhamento. Talvez porque o seu pai permitiu que ele bebesse um pouquinho. "Muito pouquinho", ele disse. Numa hora levei um susto: ele tropeçava nos meus pés, eu mostrava como é que tinha de ser; então, no meio de todo mundo, ele me lascou um beijo na boca que até eu, que não sou lá muito inibida, fiquei meio atrapalhada.

Às vezes, quando estávamos cansados, íamos sentar com os três, na mesa sessenta e sete. Minha mãe não dançou muito, alegando cansaço; mesmo assim, deu meia dúzia de voltas no salão, ora com o pai ora com o filho.

À meia-noite a orquestra tocou os primeiros acordes de uma valsa conhecida, de que não sei o nome. Saímos, todos os pares, rapidamente para um terraço que dava para o jardim, bem por baixo do céu. Dali, em ordem alfabética dos alunos, saímos valsando para o meio do salão. A maioria dançava de uma maneira ridícula, com o corpo muito duro, muito perto de cair. Fiz bastante sucesso com o meu par. Não é à toa que faço balé.

Ficamos juntos até a hora de irmos embora, já de madrugada. No estacionamento nos despedimos, porque eu voltei com a minha mãe. Escondidos atrás do carro, nos beijamos outra vez.

Foi assim mesmo.

3

Trancados no banheiro

Não sei por quê, mas tenho o pressentimento de que a Megera está atrapalhada. Ela se levanta, dá a volta à imensa escrivaninha e vem sentar-se perto de mim. Eu estou desacreditando do que vejo. Com o indicador e o polegar me sacode o queixo e maviosa — assim mesmo: maviosa — ela me pergunta se estou gostando das aulas, se tenho alguma queixa e se estou me esforçando o suficiente para passar de ano.

Eu, hein! Mas o que será que essa mulher está querendo de mim?

Digo que sim, que claro, e que está tudo bem comigo. Ela está aflita, como se as minhas respostas estivessem todas erradas. Tenho vontade de corrigir para compensar a diretora por não ter ainda me maltratado, mas fico quieta, tão atrapalhada quanto ela, pois não sei o que deveria responder que não respondi.

A dona Adélia pega o interfone e pede um refrigerante. Isso tudo me assombra porque tenho certeza de que ela ainda vai me pregar alguma. Mas o medo, agora, é diferente: em lugar da força bruta do seu muque e dos seus gritos, ela usa uma tática nova, tentando me seduzir.

A sala da dona Adélia mantém quase sempre as cortinas cerradas; por isso, aqui dentro parece sempre noite. Quer dizer, parece noite por causa das luzes todas acesas e das cenas que nossa imaginação tem certeza de que se passam entre estas quatro paredes. As meninas dizem que ela não abre as janelas para ninguém ouvir os berros com que destrói qualquer coragem. E agora me lembro de que, de fato, nunca ouvi os berros famosos da Megera.

    Ela não para de falar, e eu, prevenida, me distraio observando a sala. Não se vê um grão de poeira. Tudo brilha aqui. A sensação que a gente tem é de que a escola ficou muito longe, porque nem o rumor permanente que se ouve das muitas vozes aqui se escuta.

    Minha carcereira bate discretamente à porta, pede licença e entra com uma bandeja, na qual traz um copo emborcado e uma latinha de refrigerante. A dona Adélia me serve e tem de insistir para que eu pegue o copo, vencendo a minha inibição. Espera que eu tome o refrigerante; então, de repente, arrasta a cadeira para mais perto de mim e diz que eu não me assuste, "porque tem horas, minha filha, que é preciso ter muita fé e coragem".

    Mal ouço o que ela diz depois de "não se assuste", porque então *já estou completamente assustada*. A primeira coisa em que penso é na minha mãe. Meu beiço começa a tremer, esticado vivo, sem controle, ensaiando choro, e a dona Adélia se apressa a me afagar a cabeça.

— Não, menina, sua mãe está bem. O banco dela é que está sendo assaltado.

Difícil explicar, mas sinto alívio e desespero ao mesmo tempo. A dona Adélia não tem nada contra mim, por isso me sinto aliviada. Mas a minha mãe corre perigo, então me desespero.

Minha agitação me sufoca e peço para abrir uma janela para conseguir respirar. Me levanto perguntando quem foi que deu a notícia, quero saber mais detalhes, não consigo ficar parada.

Nos fundos da sala, por trás da cadeira da dona Adélia, há uma porta jamais ultrapassada por aluno algum. Todo mundo sabe que do outro lado da porta é que a Megera prepara suas poções. Ela me toma pela mão e diz:

— Vem comigo.

É uma sala penumbrosa; quase não vejo nada, mas ouço a voz eletrônica da televisão. Sentamos uma ao lado da outra e identifico imediatamente o prédio da agência do banco onde a minha mãe é gerente. A câmera alterna imagens fixas da porta principal, onde não acontece nada, com giros de cento e oitenta graus, mostrando a aglomeração do público na calçada oposta e, mais longe, o trânsito todo parado. Vários carros de polícia no interior da área isolada, e policiais, muitos policiais, com revólveres e escopetas na mão.

O medo me deixa paralisada. Não consigo falar, não consigo piscar, acho que nem respirar eu consigo. Estou estátua.

— E a minha mãe? — pergunto, depois de um grande esforço.

— Ela está lá dentro — informa a diretora. — Parece que estão todos presos no banheiro, pelo menos foi o que disse um dos repórteres.

— Aconteceu alguma coisa com ela?

— Fique calma, Aline, não aconteceu nada com ninguém. A polícia está exigindo que os bandidos se entreguem, só isso.

Quando chegamos abraçadas a nossos sacos de pipoca, o cinema estava quase deserto, com aquelas poltronas todas se oferecendo. Ainda era muito cedo. Mesmo assim, entramos falando baixinho com receio de acordar algum mago gigante. Na sala de projeção, a maioria das pessoas se contaminam daquela atmosfera mágica e de sonho, quase sagrada, e agem como se estivessem no interior de um templo.

Tocava uma música sossegada que não atrapalhava os cochichos de quem cochichava nem o sono de quem esperava o filme dormindo. Minha mãe e eu comíamos pipoca conversando de boca cheia e dando risada, porque era muito divertido cometer má-criação sem ninguém para repreender. Eu disse que estava com um pouquinho de frio e minha mãe tirou a blusa e a jogou por cima dos meus ombros. Me grudei muito a seu braço tentando roubar algum calor dela, que sempre tinha de sobra.

Sem mais nem menos, ela perguntou se meu pai tinha telefonado ultimamente:

— Seu pai tem telefonado ultimamente?

Respondi que já fazia quase um mês que ele tinha feito a última ligação.

— Pra me dar os parabéns pela formatura e dizer que seria impossível dançar comigo a minha valsa.

— Melhor assim — ela suspirou, enquanto esfregava a mão em meu braço gelado.

— Por que melhor assim, mãe?

Ela desconversou.

— Ninguém, filhinha, par nenhum fez o sucesso que você e o doutor Lucas fizeram. Os meninos de hoje não têm mais noção do que seja uma valsa. Vocês dois rodaram pelo salão todo, mas com tanta graça que os outros pares abriam caminho para vocês.

Eu sorri e me mantive quieta, meio encolhida, sentindo que o frio já estava passando.

— Mas me diga uma coisa: você e o Gabriel estão namorando?

Descobri malícia e alegria no rosto da minha mãe: a boca meio aberta, amolecida por pensamentos, os olhos espremidos, cheios de esperteza.

— Mãezinha, pelo amor de Deus, que papo mais careta! A gente só ficou naquela noite, mais nada.

— Pensa que não vi vocês dois no maior dos amassos?

Poucas coisas da minha mãe me irritam, e uma delas é não entender nada do que acontece no mundo. Ela sabe tudo de taxas, de câmbio, de produção, dessas coisas. E só.

Depois de um tempo, ela continuou:

— O Gabriel é um garoto bem bonito. E muito educado. Gosto muito dele.

— Educado até demais. Já me ligou duas vezes da praia dizendo que morre de saudade do nosso baile, que pensa em mim todos os dias. Mas não dá pé, não, mãezinha. Ele é muito devagar e não sabe falar nada direito como a gente. Bonito ele é, mas é meio paradão. A senhora podia imaginar que fui eu que tirei a virgindade dele?

Senti a mão dela dar um repelão no meu braço.

— Como?!

— De beijo, mãezinha, de beijo. Ele aprendeu a beijar comigo. Eu fui a professora de beijo dele, entende?

— Não consigo entender isso, Aline. Vocês se amassam, se beijam e no dia seguinte parece que nem se conhecem. E pare de rir de boca fechada, menina! Coisa mais feia!

Ficamos ouvindo a música por algum tempo sem dizer mais nada. Então, um pingo eletrônico de som caiu da tela, que se iluminou, e interrompeu a música. Nos ajeitamos melhor para esperar o filme quando as luzes começaram a se apagar. De novo a minha mãe, como se falasse sozinha:

— Gosto muito dele.

Quase contei a ela que andava paquerando uma porção de garotos num *chat* legal que eu descobri, mas fiquei na minha.

4

Momentos de tensão

De repente aparece uma loira no estúdio dizendo que não desliguemos a televisão porque ela está chamando os comerciais e já, já voltaremos a acompanhar o desenrolar dos acontecimentos diretamente da agência assaltada, a notícia em tempo real. E, dizendo isso, a loira some para aparecer uma outra loira, toda de branco, imaculada, jogando tênis e mostrando um sorriso largo e descansado. A música é um trecho do "Lago dos cisnes", que eu já dancei. Subitamente ela aparece deformada de tanto suor e vai até a beira da quadra, onde enfia a mão em uma caixa de isopor, de onde retira um refrigerante. Como num milagre, seu rosto volta a ser saudável e sequinho.

— Quer alguma coisa, filha?

— Não, dona Adélia, eu estou com um pouco de medo, mas estou bem. Eu só queria ir pra casa.

Minha voz sai no meio de um pigarro cinzento, tremida e fraca. A diretora se cala por um instante, como se estivesse meditando sobre meu desejo. Então vira-se para mim e pergunta o que vou fazer sozinha no apartamento. Não sei o que responder e fico quieta na minha poltrona. Sem me olhar, seu rosto novamente se torna severo.

Já se passaram uns cinco, seis comerciais. Nós duas, presas pelo convite da loira do estúdio, não tiramos os olhos da telinha.

Quando a loira reaparece, diz algumas destas frases como "a notícia em tempo real" e anuncia a continuação da reportagem sobre o assalto a uma agência bancária. Chama o Laércio Cordeiro, que imediatamente aparece na tela.

O repórter está excitado, olhando ora para a frente, a porta do banco, ora para a câmera. Os dois, o repórter e o câmera, estão em movimento. A reportagem deles é freneticamente trepidante e me assusta.

— É agora, senhores telespectadores. Chegou a hora. O Secretário da Segurança chegou e vão iniciar-se as negociações.

Ele fala olhando para trás, na direção da câmera. Então desaparece, porque o câmera resolve fazer um *flash* dos dois soldados que atravessam a rua evacuada protegendo o Secretário com seus escudos à prova de bala. Alguém do estúdio faz uma pergunta que não entendo. Só sei que não foi a loira, porque era voz de homem. As imagens são muito rápidas, aparecendo o Secretário, o repórter, a porta da agência numa sucessão enlouquecida.

— Vejam ali, senhores telespectadores, um dos assaltantes agachado por trás da janela. Deve ser o interlocutor. Até agora não saiu tiro nenhum e logo mais vamos entrevistar o delegado que comanda as operações. Mas isto é um absurdo, os senhores estão vendo meu esforço para trazer a informação mais completa para o público, e agora vem um policial e manda que eu saia daqui. Isso é o cerceamento da liberdade de imprensa e do direito à informação. Mas vejam lá dentro da agência. Parece que os funcionários e os clientes foram todos recolhidos, provavelmente nos banheiros.

O repórter consegue burlar a vigilância dos policiais que fazem o cordão de isolamento e se aproxima do Secretário.

— Por favor, senhor Secretário, qual está sendo a reivindicação dos meliantes?

O Secretário vira-se inteiro na direção da câmera e explica que os assaltantes estão pedindo uma Pajero na porta do banco e a presença do senhor bispo.

A câmera focaliza novamente o interior da agência, onde se nota algum movimento. Eu estou tiritando e os meus olhos chegam até a doer de tanto que olho. O repórter, com voz gritada e nervosa, chama a atenção:

— Vejam lá dentro da agência, senhores telespectadores, o bandido interlocutor está mostrando uma das funcionárias com o revólver encostado na nuca.

Eu sei quem está com o cano do revólver encostado na nuca. Eu sei. Só eu sei. E dou um grito de desespero. Não consigo mais me conter e me ponho a gritar chamando a minha mãe, chorando, morrendo de medo. Levanto-me e corro na direção do aparelho de televisão, como se, de mais perto, ela pudesse finalmente me ouvir.

A dona Adélia me segura os dois braços com suas mãos imensas e grita para que eu fique calma:

— Não aconteceu nada, menina, fique calma, minha filha, sua mãe está bem.

Não sei como, mas aparece uma funcionária da secretaria da escola com um copo de água com açúcar e, pela porta que ela deixou aberta, começa a entrar mais gente e o tumulto na frente da agência não é maior do que o tumulto na saleta da diretora.

Minha mãe aparece mais uma vez na tela e desaparece porque então mostra-se um panorama da rua, da multidão aglomerada para além do cordão de isolamento, para aparecer, por fim, umas caras horríveis de autoridades sendo entrevistadas.

O sono da minha mãe devia ser um sono bom e lento, porque ela dormia sempre com a porta do quarto escancarada de tão aberta. Eu não queria nem saber: só dormia de porta fechada — o meu sono encolhido em mim. Nunca perguntei a ela por que deixava aquela boca desdentada e escura espiando o corredor. Nunca tive ideia de perguntar. Mas, pensando bem, acho que era por minha causa. Embarcada em sua cama, no conforto, ela conseguia controlar o apartamento todo. Principalmente os movimentos da filhinha.

Já passava de uma hora e o mundo nem respirava pra não fazer barulho. Então, ouvi a voz da minha mãe chegando pelo corredor:

— Aline, você está me ouvindo?

Eu estava bem no meio de um *chat* com uma turma que nunca falta. Fingi que não tinha ouvido nada.

— Minha filha, não vai responder?

— Ah, mãe.

Eu precisava teclar rápido, porque parece que todos eles tinham encanado em mim, perguntando e respondendo um montão de coisas. Sou bem ágil no teclado, mas era muita gente na minha cola.

Juro que não ouvi seus passos e dei um grito quando ela pôs sua mão em cima do meu ombro.

— Filha, já é mais de uma hora. Agora chega.

— Ah, mãe, só mais cinco minutos. Preciso me despedir da turma.

— Se você não desligar imediatamente, amanhã mesmo vou vender o computador.

— A senhora não percebe que está ficando velha e intolerante?

Minha mãe me puxou pelo braço com brutalidade e me botou de pé na frente dela. Não sei se ela já tinha dormido, o que sei é que estava desfigurada, pálida, e isso me deu um pouco de medo.

— Escute aqui, menininha, você já levou bomba no ano passado por causa dessa droga aí. Não pense que vou deixar isso acontecer outra vez, não. Se você não obedecer, não tem mais computador.

Eu baixei a cabeça e comecei a chorar, sentindo-me muito infeliz, pois não merecia ser tão injustiçada. Bem, o meu choro teve a virtude de comover a minha mãe. Uma vez ela me disse que não caía mais na chantagem das minhas lágrimas, mas as lágrimas não queriam chantagear ninguém. Eu choro quando fico triste ou estou com medo, assustada. Ela me pegou pelo queixo. Todo mundo gosta de me pegar pelo queixo porque eu tenho um rosto fino, que cabe em qualquer mão.

— Vai, filhinha, dispensa esse pessoal aí e vai dormir.

Em dois minutos fiz minhas despedidas e me mandei. No dia seguinte, às sete, começava a primeira aula, e o papo, de fato, estava meio chato.

5

O namorado da minha mãe

Ninguém vê, como eu vejo, o sofrimento no rosto da minha mãe. A televisão volta a mostrar o interior da agência, captado através de uma fresta por entre os cartazes do janelão de vidro. Eu sinto o sofrimento dela, sinto seu terror. Só eu sinto.

O repórter, gritando assustado, ainda traz a informação de que o assaltante ameaça matar a minha mãe, bem como os demais prisioneiros trancados nos banheiros. Há um momento mais calmo, sem muita agitação na frente da agência. Não há muito o que fazer. Agora é esperar. O repórter repete que eles exigem a presença do senhor bispo, além de uma Pajero. Ele não sabe mais o que dizer e fica repetindo o que já disse desde o início da reportagem.

Às vezes entra uma voz de estúdio, fazendo alguma pergunta, alguma recomendação, que salva o repórter do silêncio constrangedor. Ele se alegra e por uns instantes, aproveitando o gancho, fala mais, desenvolto, como se a reportagem tivesse acabado de começar. Mas só por alguns instantes, pois logo, logo ele começa a repetir o que já havia dito por falta de novidade.

Aqui, na saleta da dona Adélia, estamos novamente na penumbra e apenas três das funcionárias que haviam entrado permanecem conosco. Elas, as coitadas, as subalternas, até que são bem silenciosas. Elas não dizem nada. De repente uma imagem que me transtorna. Não sei se vi direito, mas tive a impressão de que o bandido deu um tapa na cabeça da minha mãe.

O ódio que sinto me tonteia. Tenho vontade de entrar pelo monitor da televisão, de voar até lá para estrangular aquele covarde com as minhas mãos. O meu ódio é uma espuma esbranquiçada e ácida que me queima a pele, me entope a goela e me dá ânsia de vômito. Uma das funcionárias me passa um copo de refrigerante, que eu recuso, com medo de sujar o carpete da saleta com a minha ânsia.

Um ruído distante se esboça na minha consciência. Um ruído que deve ser o trecho de alguma música. Um trecho curto, porque se repete sem parar. Mas ele vem de muito longe, praticamente do sono que me abate, um ruído sem realidade palpável.

— O celular — me avisa a dona Adélia.

Então parece que a vida ganha outro rumo, numa realidade diferente: volto a Terra pelos fios do meu *rock* predileto. Aquilo me vem como uma energia que eu não tinha mais. Atendo ainda meio tonta de não saber o que se passa por dentro deste meu sono. Demoro algum tempo até perceber que é a voz do Sérgio, o namorado da minha mãe.

Em um segundo saio da saleta para ouvir melhor.

— Aline, é o Sérgio. Você já sabe o que está acontecendo?

Não gosto do Sérgio. Razão particular nenhuma, mas não gosto dele. Já me deu presentes, me levou a passeios, tudo tentando me conquistar. Ele pensa que eu não percebo. Não sou a boba que ele e a minha mãe me julgam.

— Sim, já sei. Estamos vendo tudo pela televisão aqui da escola.

Minha resposta é tão seca quanto me permite o estado emocional. Ele, que já está acostumado com a minha secura, não se altera.

— Eu estou indo pra lá, ouviu? Qualquer novidade eu volto a te ligar, certo?

Não suporto esse modo do Sérgio de falar fazendo perguntas. Tenho a impressão de que ele nunca afirma coisa nenhuma. Pois a despeito de não suportar as perguntas dele, o assunto me interessa. E muito.

— Espere aí. Eu também quero ir.

— Mas você acha que a diretora vai te deixar sair agora?

Não sei por quê, mas eu tinha certeza de que ele ia fazer exatamente essa pergunta. Penso um pouco antes de responder:

— Isso só quem pode dizer é a própria. Então me dá um tempo que eu vou conversar com ela. Como? Não, não, ela está aqui do lado.

Há momentos em que os maiores monstros se humanizam e se tornam doces criaturas. Por isso quase me ajoelho em súplica aos pés de Santa Adélia e peço para ir ao banco de carona com o Sérgio. Ela me toma as duas mãos, depois me abraça e tenho a impressão de que está muito perto de chorar. Ou de me botar sentada em seu regaço. As três funcionárias se desinteressam pela televisão para assistirem à cena que se desenrola aqui mesmo, ao lado delas.

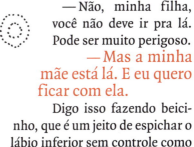

— Não, minha filha, você não deve ir pra lá. Pode ser muito perigoso.

— Mas a minha mãe está lá. E eu quero ficar com ela.

Digo isso fazendo beicinho, que é um jeito de espichar o lábio inferior sem controle como se ele tivesse vida própria, uma vida toda tremida.

— Sim, sim, a mamãe está lá, eu sei. Mas ninguém vai deixar que uma menina como você ao menos se aproxime da calçada.

31

Você não viu o cordão de isolamento? Nem o repórter a polícia estava permitindo que o ultrapassasse, querida. Além disso (tremo de medo toda vez que ouço "além disso", porque em seguida costumam vir os argumentos definitivos, aqueles que se devem considerar incontestáveis), lá do outro lado da rua você não vai ver nem a metade do que pode ver aqui. Sem contar que ninguém vai dar qualquer informação a uma garota desesperada só porque diz ser a filha da refém.

A custo concordo com o argumento definitivo e, depois de dar a resposta ao pobre do Sérgio, que me esperou todo esse tempo, volto a ocupar meu lugar na poltrona na frente do aparelho de televisão.

Fecho os olhos e me prometo, com a força do meu pensamento completo, inteiro, que se a minha mãe se sair dessa com saúde, vou estudar mais, nem que tenha de reduzir minha entrada nas salas de bate-papo.

Quando abro os olhos, suspiro fundo um gosto de esperança.

Era a segunda vez que eu passava pela sala, passo de desfile, com aquela camisola transparente, só pra ver se ele se tocava e ia embora. Fingindo que tinha alguma coisa a fazer na cozinha, acendi a luz, bati uma xícara num pires, abri muito barulhenta a torneira e a geladeira, tomei um gole de água e passei de volta no mesmo passo de desfile, as pernas à mostra, em despudor, para que os dois se sentissem constrangidos.

Minha mãe estava atracada numa conversa tão comprida com o Sérgio que eles nem me perceberam com minhas provocações. Já devia ser perto da meia-noite e eu queria dormir porque no dia seguinte eu tinha ensaio a tarde toda. Eu seria uma das sílfides de Chopin e não podia estar com sono. Mas dormir, com aqueles dois lá na sala namorando, era coisa que eu não ia fazer.

De tanto eu encher o saco, o Sérgio tinha parado de fumar dentro do apartamento. Eu mentia que sou alérgica, que me dava sufocação, até bronquite asmática eu inventei, sob o olhar e a tutela da minha mãe, que também não gostava de cigarro. Ele não insistiu mais, talvez por medo de perder mais tarde todas as paradas. Não quero nem saber. Ele não deixava mais aquela fumaça fedida para grudar no cabelo da gente.

Nessa época eu notei um hábito novo do Sérgio. Quando ele botava um cigarro na boca era porque estava se despedindo.

Eu vi quando ele botou um cigarro na boca e corri para o meu quarto.

Não deu dois minutos e a minha mãe entrou.

— Não adianta fingir, dona Aline, pois sei muito bem que você acabou de deitar.

Abri os olhos com uma raiva que ela percebeu logo.

— Pois eu já devia estar dormindo há muito tempo.

— E o que foi que te impediu?

— Não consigo dormir com esse chato do Sérgio conversando alto com a senhora na sala.

— Vê lá como fala, garota.

— Chato sim. Não suporto esse seu namorado.

— E você não acha que já está grande demais pra ficar desfilando quase nua na frente dele?

Minha explosão, que eu vinha segurando, me arrebentou na boca:

— Pois aqui é a minha casa e eu ando do jeito que eu quiser. Ele que se mande.

Minha mãe sentou-se na beirada da cama ofegante e pálida. Ela me segurou os dois pulsos com uma força de que eu duvidava. O rosto dela ficou gigantesco e próximo do meu, por isso fechei os olhos. Ela gritou para que eu abrisse os olhos, e seu grito foi tão aterrador que tive medo de não obedecer.

— Olhe aqui, menininha. Este apartamento é meu, e sou eu quem dita as normas por aqui. Agora entenda uma coisa: o Sérgio é meu namorado e talvez eu ainda case com ele, apesar de suas implicâncias. Você entendeu?

Meu lábio inferior espichou, tremeu, e duas lágrimas rolaram para o travesseiro. Mas o ódio não me deixava chorar.

Se antes eu apenas não gostava do Sérgio, agora eu tinha certeza de que jamais na vida odiaria tanto outra pessoa.

Eu senti que ele havia roubado a minha mãe, e que os dois haviam-me excluído do seu círculo. Então me encolhi feito um feto antes do nascimento porque estava inteiramente sozinha no mundo.

Nada mais tinha qualquer importância pra mim: eu não tinha mais a minha mãe.

Acho que ela ficou penalizada de repente, porque sua mão enxugou o risco deixado pelas duas lágrimas e seus dedos tiraram os fiapos de cabelo que tinham grudado na minha testa. Abri os olhos e vi que ela estava chorando. Então não resisti mais e rompi num berreiro que até eu mesma desacreditei.

Ela me puxou contra o peito e assim ficamos as duas, abraçadas no mesmo choro. E foi com o rosto enterrado nos seios que me amamentaram que eu dormi.

Acordei muito disposta no dia seguinte, com o coração cheio de amor.

6

Todo o dinheiro do mundo

Aparece uma Pajero de ré, vinda do nada que é a moldura do monitor, lataria verde, vidros verdes, tudo escuro e verde, movendo-se na superfície do tubo da televisão. O público se afasta em maré, os policiais gesticulam, e o bando de repórteres corre na disputa dos melhores lugares. O câmera joga com as distâncias e os ângulos, dando um *close* na Pajero verde e uma panorâmica no restante coberto pelo sol. Que está amarelo.

Um homem caminha com sua idade pelo espaço isolado e a televisão o acompanha em sua caminhada decidida. Ficamos sabendo pelo repórter que se trata do senhor bispo, com quem os bandidos, provavelmente devotos de algum santo, querem falar. O Secretário da Segurança, que esteve por bom tempo anônimo, reaparece posudo e com voz de comando, dizendo o que é e o que não é, para que todos saibam.

Aqui dentro da saleta nos enchemos de penumbra que quase não conseguimos respirar. O repórter, o que está transmitindo tudo desde o início, novamente bota seu rosto desesperado na frente da câmera para mostrar os olhos esbugalhados e as veias do pescoço dilatadas.

— Estamos a um passo do epílogo desta história trágica, senhores telespectadores. O desenlace vai ser violento? Só Deus sabe. O senhor bispo já entrou na agência e conferencia com um dos marginais. A gerente da agência, dona Ivone Ribeiro, continua sob a mira de um revólver.

O nome da minha mãe me explode em pleno rosto e começo a chorar sem controle. E por causa disso me vejo obrigada a tomar mais um copo cheio de água com açúcar, esse melado horroroso. Não aguento mais ver a minha mãe sendo tratada como um bicho qualquer. Preciso fazer alguma coisa, mas não posso fazer nada, e isso é o pior de tudo. Eu estou com muito medo. Ninguém percebe que eu estou em pânico, ninguém chora comigo, para me ajudar um pouco. As minhas pernas não param de tremer e eu preciso ir ao banheiro. Eu preciso ir ao banheiro com urgência. Isso tudo me deixa totalmente destruída. Eu preciso, dona Adélia, preciso ir ao banheiro. Ela me toma pela mão e me leva até uma outra porta de sua sala, uma porta que ninguém, aluno nenhum, imagina aonde vai dar. É o banheiro dela.

Quando volto à saleta da televisão, sacos de dinheiro estão sendo transportados para a Pajero, muito rapidamente, e vejo ainda a minha mãe e o bispo servindo de escudo aos assaltantes. O repórter está louco, ele grita, anda de um lado para o outro aos pulos, bem macaco; então, a imagem dele some e aparece um cidadão brigando com um guarda, que não deixa ele passar. Pela mão em concha na boca, a gente percebe que ele está gritando. O câmera dá um *close* em cima dele e o meu coração dispara outra vez: é o Sérgio.

— É o Sérgio — eu grito, e as três funcionárias que acompanham a reportagem com a gente querem saber quem é o Sérgio.

Eu conto que é o namorado da minha mãe e elas me olham estúpidas, esperando que eu corrija e diga que é meu pai ou meu tio. O Sérgio não é o meu pai muito menos o meu tio, e eu jamais o chamaria nem de uma coisa nem de outra.

Então eles mostram o céu, e o céu está carregado de uma futura chuva bastante sombria. Alguém chama o Laércio Cordeiro do estúdio, e quando ele responde que está na escuta, uma voz de homem pede que ele entreviste o delegado encarregado das operações. As imagens pulam de correr atrás do delegado, mas não leva muito tempo e o Laércio Cordeiro bota o microfone na altura dos lábios de um bigode basto e calmo.

— E então, doutor, não se vai fazer nada com esses meliantes? A polícia não vai tentar nada?

O delegado segura o microfone, que tirou da mão do repórter. Então ouve-se ele perguntando se está ligado.

— Tudo que se podia fazer já foi feito. As saídas da cidade foram bloqueadas, há viaturas em pontos estratégicos, as comunicações por rádio estão em funcionamento; enfim, agora é acompanhar os acontecimentos e esperar que se possam resgatar os dois reféns.

Laércio Cordeiro retira brusco o microfone das mãos do delegado e reclama:

— Sim, mas os ladrões estão levando todo o dinheiro. Não é possível evitar que isso aconteça?

— Qualquer atitude nossa, meu filho, agora pode ser muito perigosa. Temos de agir com muita prudência.

— Sim, mas e o dinheiro?

— **Não há dinheiro no mundo que valha uma só vida humana.** Nem todo o dinheiro do mundo, meu jovem. Depois cuidamos do dinheiro.

O homem afasta-se com seu bigode basto e calmo, na direção de suas providências. A Pajero acaba de sair em alta velocidade. Acho uma indecência esse repórter preocupado com o dinheiro quando a minha mãe está nas mãos desses bandidos. Digo isso na saleta e as outras quatro concordam comigo. No momento em que sai a imagem externa e surge aquela mesma loira ardida no estúdio, a gente ouve o sinal do intervalo e o imenso rumor rolando pelas escadarias.

Verbo estranho esse que o delegado falou. Que valha. Eu valo? Não, não deve ser assim. Eu valho, tu valhes? Preciso perguntar como é o certo para a dona Gilda.

Eles dois tinham ido ao cinema e, como sempre, me convidaram para ir junto, mas eu disse que tinha de estudar, porque no dia seguinte teria uma prova. E para que não fosse totalmente mentira a minha desculpa, cheguei até a estudar um tanto.

Às nove e pouco fechei o livro e fui procurar a minha tchurma.

(21:15:47) Letícia *entra na sala...*
(21:15:53) Cachorrão *fala para* Sabrininha: cadê vc gat
(21:16:00) Letícia *fala para* Todos: oi tchurma algum conhecido no pedaço????

(21:16:05) Sabrininha *fala para* Cachorrão: fui tom água
(21:16:12) BRU GATINHO *fala para* *Anynha 16*: oi td bem
(21:16:16) Junior *fala para* Moranguinho: vc eh h ou m.
(21:16:16) Cachorrão *fala para* Sabrininha: afins mha gatinha???
(21:16:17) Moranguinho *fala para* Junior: adivinha

(21:16:20) Loiro Gostoso *entra na sala...*
(21:16:51) Moranguinho *fala para* Junior: daí?
(21:17:04) Molh@dinh@ *fala para* Todos: eu tenho 17 anos, sou morena clara, bem quem quiser saber mais, alias, brincar um pouquinho, AH, COM CAM, meu MSN: aanddreea2@hotmail.com
(21:17:08) Goat *fala para* *Anynha 16*: vc tava aq ontem
(21:17:29) Junior *fala para* Molh@dinh@: qm q te molho gatinha
(21:17:34) Molh@dinh@ *fala para* Junior: papo careta, cara
(21:17:42) BRU GATINHO *fala para* Molh@dinh@: eae gata blz
(21:18:01) R@Fael *entra na sala...*
(21:18:11) *Anynha 16* *fala para* Goat: ñ tava vc tem msn
(21:18:21) Moranguinho *fala para* Todos: po ñ t um papo legal vou indo xauu
(21:18:28) Goat *fala para* *Anynha 16*: tnho eh reynaldog2oQ@hotmail.com vamos cair fora??????
(21:18:37) Mila *entra na sala...*
(21:19:00) Letícia *sai da sala...*

Fui até a cozinha tomar um gole de café. Que droga, ninguém por perto. Na volta, ao passar pela sala, cheguei a ligar a televisão, mas não dá pé, é só mundo cão, e não sou muito a fim de sofrimento.

Detesto ficar sozinha neste apartamento. Aliás, detesto ficar sozinha em qualquer lugar. Não sei organizar a minha vida no vazio e começo a me angustiar, caminhando de um lado para o outro, contando o tempo, marcando sua lentidão. A minha mãe conhece os horários e os seus encaixes, aquilo que está na hora de fazer. Quando ela se levanta para fechar uma janela, já sei que está na hora de fechar a janela. Não é por ser gerente de banco, não é, mas a minha mãe é exata. Ela sabe se usar e se gasta só o necessário.

Às nove e meia, mais ou menos, liguei pra casa da Carol e ela demorou um pouco para atender. Me disse então que estava terminando um daqueles exercícios que eu comecei, mas que me cansaram. Ela me perguntou se eu resolvi todos e eu disse que só tinha dado uma olhada. Que o número sete, ela disse, você se lembra? não? que o número sete nem o Einstein resolveria. Pior que dor de ouvido. A Carol está ficando todo fim de semana com o Ricardo. Pra mim isso já é namoro. Ela diz que não, que se ele quiser sair com outra, não tem problema. Então perguntei se ela tem saído com outros e ela riu que não tinha vontade.

Deu dez e meia e nada da minha mãe. Me despedi da Carol e fui tentar o *chat* outra vez, ver se dava mais sorte.

Quem apareceu foi o Luka, um garoto de Goiânia, eu acho. Ele é muito engraçado, está sempre numa boa, de alto astral. Ele disse que só tinha entrado pra me ver (rsrsrsrs). Me contou que o pai dele, naquela tarde, tinha perdido uma perna. "Que horror!" eu respondi, "e você diz isso como se fosse a coisa mais natural do mundo?". Ele demorou um pouco pra dizer que estava chorando porque era uma perna de porco temperada que tinha entrado numa aposta.

Às onze e meia o Luka se despediu e foi dormir. Eu não conseguiria pegar no sono com a minha mãe fora de casa. Dei uma entrada no *orkut*, mas uma entrada cheia de impaciência. Além disso, não tinha nada que valesse a pena. Então me lembrei de uma dúvida que tive outro dia e fui procurar as características do Impressionismo. Principalmente de Edgar Degas. Não tanto pelo Impressionismo dele, mas pela captura do movimento na tela. Amei as suas bailarinas.

Já passava da meia-noite quando ouvi o barulho do elevador abrindo no nosso andar. Do jeito que eu estava, continuei: de antenas ligadas. Foi um alívio ouvir a voz do Sérgio despedindo-se na porta.

Minha mãe veio direto à sala do computador. O beijo que ela me deu era seco e estava com febre. Me arranhou o rosto.

— É assim que você ficou estudando, Aline?

— Cansei.

— Então podia ter ido pra cama. Você não tem prova amanhã?

— Ah, mãe, só um pouquinho.

— Não tem ah nem oh, Aline. E larga essa porcaria enquanto estou falando com você, ouviu? Vamos pra sala. Aqui não se pode conversar.

A primeira coisa em que pensei foi que ela devia ter brigado com o Sérgio, pra ter voltado tão mal-humorada assim.

Sentei na extremidade oposta do sofá e ela encrespou:

— Aqui, Aline! Aqui do meu lado, que não estou a fim de gritar.

Eu não sou obediente por ter medo da minha mãe. Tem muitas vezes que ela fica monstruosa, mas eu sei que ela não vai me esmagar entre os dedos. Eu sou obediente porque ela é a única família que eu tenho — eu gosto muito dela e preciso que ela também goste de mim. É por isso. Sentei junto dela e fiquei esperando.

Minha mãe me afagou os cabelos.

— Minha filha, no ano passado não dei muita atenção a seus horários e você perdeu o ano letivo por causa dessa droga de computador. Lembra? Chegou a passar uma noite inteira curtindo um *chat*. Lembra? Seus colegas, hoje, estão no segundo ano. Não seria legal se continuassem todos juntos, vocês que vieram juntos desde o quinto ano?

— A senhora me critica, mas e a senhora precisava ficar tanto tempo na rua?

— Filha, já expliquei isso mais de uma vez: quando você souber dirigir sua própria vida, veja bem, quando você souber, quando você tiver sua independência jurídica e financeira, faça o que quiser de seu tempo. Agora não. Agora tem sua mãe que é responsável

por você, e você não tem o direito de nos ficar comparando. Entendeu, Aline?

— Entendi, mãe.

— Tente se desgarrar um pouco do computador, minha filha. Ele é muito bom, muito útil, mas essas conversas sem-fim, isso não tem cabimento, Aline. De hoje em diante você tem que desligar o computador antes da meia-noite.

— Mãe, mas eu estava muito sozinha. Nos *chats* a gente sempre encontra uma pessoa ou outra que topa conversar.

— Tudo bem, Aline, hoje você estava muito sozinha. Mas faça um esforço, filhinha. Você vai acabar perdendo mais um ano.

Me joguei no pescoço dela e jurei:

— Mãezinha, juro pela senhora, que é a coisa que mais amo na vida, que não vou perder este ano.

Quando ela veio do banheiro e entrou no quarto pra me dar boa-noite, seu beijo estava úmido e macio, e tinha perdido toda aquela febre.

7

Um poeta no *chat*

Me encho de culpa e mordo um dedo até quase sair sangue. Como é que eu posso enrolar o meu pensamento num verbo besta que não vale um fio de cabelo da minha mãe quando ela sumiu na Pajero dos bandidos? Pergunto à dona Adélia:

— E agora, dona Adélia?

Ela afaga a minha cabeça.

— Fique calma, minha filha. Se eles conseguirem escapar, não vão fazer mal nenhum à sua mãe. Acho que a polícia agiu certo, e sua mãe não vai sofrer nada além do susto.

Aperto a mão dela, a dos afagos, e aperto com a minha mão muito agradecida. Estou sentindo remorso por ter, durante tanto tempo, chamado a dona Adélia, a diretora, de Megera, como a maioria dos alunos. Ela está sendo muito legal comigo.

O barulho continua rolando escadaria abaixo, e os comerciais na televisão parecem não ter mais fim.

Então, a loira ardida aparece outra vez no monitor para dizer que o seu canal continuará dando *flashes* do assalto a qualquer momento e sempre que surja uma novidade. Vou até a janela e ergo uma ponta da cortina para espiar o pátio, agora coberto de alunos. O céu continua escurecendo e eu posso sentir que é por causa da minha mãe. Eu sei que é um sentimento inventado e tolo, mas gosto de senti-lo mesmo assim, sabendo que é tolo e inventado. Ninguém à minha volta consegue mostrar-se alegre. Estamos todos bastante apreensivos.

Nenhum alvoroço entre os alunos, marca nenhuma de comoção. Acho que eles ainda não sabem o que aconteceu com a minha mãe.

Descubro a Carol no meio do povaréu uniformizado e em movimento. Ela vem sem pressa, muito princesa, caminhando na direção da cantina. Com ela o Ricardo, conversando muito, de um lado. Do outro, o Gabriel, de cabeça baixa, escutando. Posso apostar que estão falando de mim. Os três vêm usando o mesmo passo: largo lento. Ano passado eu estudava na mesma classe do Ricardo e do Gabriel, agora eles já caminham com majestade.

Estão olhando para as paredes, na direção das janelas. Mas não estão me vendo. Ninguém sabe ainda o que me aconteceu, por que a diretora mandou me chamar. Corro à sala da dona Adélia e peço para descer até o pátio, com os outros. A diretora fecha uma gaveta e me olha pensativa.

— Melhor não, Aline. Se você sair agora, pode perder alguma notícia importante. Além disso, já encomendei um lanche pra você. Aqui comigo, está me entendendo? Nós duas.

É uma intimidade que me encabula e não me convence. Pensando bem, acho que ela só não quer é assustar os outros alunos e provocar tumulto. Por isso, acabou de inventar essa história do lanche. Não importa. Eu tinha vontade de compartilhar o medo com os meus amigos. Mas também não quero perder nenhuma notícia importante.

Volto ao meu posto de observação: um canto da cortina que eu levanto. A Carol e os dois meninos já se afastaram e agora estão parados no meio do pátio, comendo. O Gabriel olha para os lados a toda hora, como se alguma coisa fosse acontecer. Ele parece perdido, sem saber o rumo. Aponta pra cá e os outros dois olham com os olhos dele. Não acredito que estejam me vendo. A saleta está escura e a fresta por onde espio é muito estreita. Dão alguns passos na direção deste bloco e param novamente. O Gabriel não parece decidido a proteger-se da chuva iminente e continua olhando para todos os lados.

Uma vez, há mais de um ano, fiquei com o Gabriel no baile de formatura do nono ano. Só ficamos. E agora ele está preso como se eu fosse uma responsabilidade dele.

A dona Adélia acaba de encomendar nosso lanche, em voz que não ouço, mas em movimentos que eu entendo. A televisão continua entupida de comerciais. Quanto tempo já sem notícia nenhuma?

Olho para fora e vejo a maioria dos alunos correndo. A chuva já começou. Os três mosqueteiros não têm medo da chuva, por isso procuram a porta da quadra com aquele passo de passarela, mas sem pressa.

Aparece a vinheta do noticiário e sua música: em edição extraordinária. Corremos para a frente da televisão. Não é mais a loira ardida.

— Senhoras e senhores telespectadores, a TVL, a primeira a informar e a dar a mais completa cobertura de tudo que acontece na cidade e no mundo, informa: segundo telefonema recebido neste instante aqui no estúdio, um dos reféns foi libertado na periferia da cidade. Nossa equipe de reportagem, neste momento, desloca-se para o bairro indicado na ligação que recebemos. Tão logo tenhamos as imagens do ocorrido, voltamos com mais notícias. A TVL traz até você os acontecimentos em tempo real.

Recomeçam os comerciais, como se o mundo não estivesse caindo aos pedaços.

No início das aulas, eu estava decidida a não entrar mais em sala de bate-papo, ou, pelo menos, me controlar um pouco e diminuir o vício. Eu queria passar de ano, não só por causa das conversas da minha mãe e pelas amizades feitas em sala de aula que se desmancham no fim do ano. O que me dava mais vontade de estudar para ser aprovada era a imagem que eu mesma ia fazendo de mim. Não me agradava nem um pouco ser vista como incompetente. Nem tudo conheço de mim, mas, quando me vejo no espelho, a cara que se mostra tem um ar inteligente.

Não é que eu não tenha diminuído minhas entradas em *chats*, pois diminuí um pouco, sim, mas não tanto quanto eu queria. Só nos primeiros dias achei que não voltava mais a ver meus amigos informáticos. Uma, duas semanas. Depois me perdi e acho que voltei com furor total. Me tornei mais assídua do que no ano passado. Apesar das brigas com a minha mãe.

Na semana passada, enquanto a minha mãe via os noticiários da TV, dei uma escapada pelo menos para cumprimentar o povo.

Acabei de entrar na sala dos quinze aos vinte, um garoto colou em mim. O Fabrício. Mas colou de um modo tão simpático que eu fiquei sem jeito de mandar passear. Ele começou fazendo perguntas, querendo saber de mim.

(22:05:18)   Fabrício *fala para* Letícia: Salve, Letícia. A fim de um papo gatinha?

(22:05:24)   Letícia *fala para* Fabrício: depende né

(22:05:29)   Fabrício *fala para* Letícia: De quê?

(22:05:40)   Letícia *fala para* Fabrício: depende do q vc ker falar.

(22:05:48)   Fabrício *fala para* Letícia: Não quero falar, só quero ouvir.

(22:05:56)   Letícia *fala para* Fabrício: vc ker ouvir o q

(22:06:03)   Fabrício *fala para* Letícia: Quero te conhecer. Saber o que vc faz e do que vc gosta.

Pronto, ele começou a me ganhar por aí. Ele não queria falar, queria ouvir. Contei para ele que estava no primeiro ano, que fazia inglês e balé. Mas que gostava mesmo, acima de tudo, era do balé. Esse primeiro papo, contudo, não foi tão fácil assim. O pessoal se metia no meio, a gente se embaralhava, até que ele me perguntou se eu tinha msn. Claro que tenho. E nos mandamos para lá, porque eu já estava começando a gostar da conversa do Fabrício. Ele tinha alguma diferença em relação aos demais companheiros de *chat*, e essa diferença é que me atraía.

Ele falou de balé como quem entende do assunto, citando as russas Ulanova e Semenova. Está certo que elas são manjadas, mas de repente falou da Margot Fonteyn também. "Pô, meu, qual é a tua?", eu perguntei, porque homem geralmente não é muito ligado em balé, não.

Ele respondeu que o interesse dele é por arte em geral e que o balé ele considera uma das mais belas. "A leveza do movimento....", ele disse. Aí eu falei do Degas e ele também conhecia pintura, o Impressionismo, o escambau.

Numa hora ele me perguntou de que tipo de livro eu gostava. "Não sou muito chegada", eu respondi. Ele parece que ficou furioso. "Não acredito", ele disse, "não acredito que você se contente com essa pobreza de *chat*, você, uma artista, parada nessa babaquice! O *chat* é bom como ponte, não como estrada", ele completou.

Primeiro pensei em mandar à merda. Mas, caramba, não é todo dia que aparece um cara dizendo coisas diferentes, cutucando a gente como ele me cutucou. Me falou de um monte de livros, o que há de interessante em cada um e por fim perguntou qual o meu poeta preferido. "Sei lá", eu respondi, "acho que não conheço nenhum".

Então ele me contou a história do Alphonsus de Guimaraens, de como ele ficou quase louco de tristeza com a morte da Constança, prima e noiva dele. No fim me mandou um soneto dizendo: "preste atenção no último verso, Letícia, como é belo e sutil, como é dolorido".

Hão de chorar por ela os cinamomos,
Murchando as flores ao tombar do dia.
Dos laranjais hão de cair os pomos,
Lembrando-se daquela que os colhia.

As estrelas dirão — "Ai! nada somos,
Pois ela se morreu silente e fria..."
E pondo os olhos nela como pomos,
Hão de chorar a irmã que lhes sorria.

A lua, que lhe foi mãe carinhosa,
Que a viu nascer e amar, há de envolvê-la
Entre lírios e pétalas de rosa.

Os meus sonhos de amor serão defuntos...
E os arcanjos dirão no azul ao vê-la,
Pensando em mim: — "Por que não vieram juntos?"

"Tem mais desses?", eu perguntei e ele disse que sim e que gostava dos livros porque neles se encontram muitas histórias bonitas. "Por que não vieram juntos" é o que há, adorei.

Já passava da meia-noite quando a minha mãe apareceu. O Fabrício tinha acabado de me escrever dizendo que ele também escrevia poesia. Me despedi correndo e saí do msn, pois só podia esperar bronca pra cima de mim. Ela puxou um pufe e sentou quase no meu colo. Já estava parada, tensa, preparada para ouvir.

— Filhinha — ela me desarma com mel na voz —, a gente já conversou muitas vezes sobre isso. Um ano letivo perdido por causa desse seu vício. Não sei mais o que dizer. Será que você não consegue mesmo desligar esse troço aí antes da meia-noite? Me diga, filhinha, por que você gosta tanto dessa droga?

— O mundo, mãe, o mundo é que é muito chato. Eu prefiro o mundo virtual: a gente não arrisca nada.

— Não, Aline, vai chegar uma hora em que você vai ter de encarar a vida real. Você vai ter de correr riscos. Às vezes, vai perder, muitas outras pode ganhar.

— Tudo bem, mãezinha, se eu desligar antes da meia-noite, a senhora não fala mais nisso?

— Bem, Aline, nós temos um trato e eu tenho medo de que você não consiga cumprir. Lembra? Você me prometeu que vai estudar bastante pra passar de ano. Lembra?

Acho que nunca na vida senti tanta vontade de agradar a minha mãe, de atender ao que ela me pedia. Uma espécie de remorso estava pesando em cima da minha cabeça.

— Mãezinha, eu proponho um trato para a senhora: a senhora não implica mais com a internet e eu largo de implicar com o Sérgio.

— Minha filha, mas de onde foi que você tirou essa mania de transformar tudo em valor de troca, querida?

— Eu acho que herdei da senhora. Não é a sua profissão?

— Ah, não, de mim é que não foi. Eu faço negócio no banco. Meus sentimentos jamais eu negocio. E olhe, tem mais. Uma vez ameacei que se você continuasse na internet até tarde da noite, eu venderia o computador. Já esqueceu?

Então me decidi. Agora era pra valer.

— Mãezinha: eu, Aline Ribeiro da Costa, juro que nunca mais vou ficar na internet depois das onze horas da noite.

Ela deu um pulo e me enrolou o pescoço com seus braços. Duvido que tenha esquecido outro juramento que fiz, muito parecido com este, mas eu estava agora certa de que iria cumprir, e ela sem vontade nenhuma de se desfazer do computador.

Demorei a dormir, depois de tudo que conversei com o Fabrício.

8

O bispo é nosso

Deixasse a fome solta com seu tamanho, o lanche acabaria em menos de um minuto. Desde sempre fui assim: o contrário. A maioria refuga a comida por causa dos nervos, em momentos como este. Eu sou capaz de comer ainda mais. E continuo magra, mas dizem que é por causa do balé — os muitos exercícios.

Seguro firme a fome pelo pescoço com medo da deselegância. Minha mãe que sempre diz: "Não seja deselegante". E isso quando como esganada, quando rio com a boca fechada ou pulo no meio da rua. "Não seja deselegante." Na minha frente, a dona Adélia belisca as migalhas com uma falta de apetite que me dá inveja. Ela pega tudo com dedos elegantes. Não segura o lanche nem pega o refrigerante com a mão, mas com as pontas dos dedos. Uns dedos muito sutis, quer dizer, muito delicados.

Já deu o sinal para o reinício das aulas e nós duas continuamos fazendo o nosso lanche na saleta. Os alunos fazem muito barulho ao passarem pelo corredor, aqui na frente, porque a chuva continua alagando o pátio. Tenho os ouvidos bem treinados; por isso, quando toca o primeiro acorde anunciando novo *flash* na televisão, já estou pronta, o lanche consumido e os olhos fixos na telinha.

Aparece então uma praça, e no centro dela um grupo de pessoas parece muito agitado. Ainda não consigo ver qual o refém que os bandidos libertaram. É um bolo de gente, e eles não se tocam que estão atrapalhando. Eu fico muito tensa, sofrendo uma ansiedade muito grande. Quero ver a minha mãe, eu quero que seja em torno dela que as pessoas se aglomeram. Não aguento mais a vontade de urinar e saio correndo, sem ver a sequência das imagens frenéticas com que a reportagem nos prende a atenção.

Sentada ainda no vaso, ouço uma gritaria que vem da saleta. Corro de volta arrumando a calça. Acho que molhei um pouco a roupa, mas não quero nem saber: é a minha mãe que está sendo entrevistada.

Não sei de onde saiu tanta gente, mas a saleta está escura para respirar. Felizmente ninguém ousa atrapalhar a minha visão. E olha só quem está lá correndo, com cara de cansado? O Laércio Cordeiro. Continua do mesmo jeito: caminha na direção do grupo, olhando sempre para trás, para o olho da câmera.

— E temos aqui, em tempo real, para nossos telespectadores, nada mais nada menos que a própria gerente da agência assaltada, a senhora Ivone Ribeiro, trazida pelos meliantes como refém.

E vira-se para a minha mãe, que agora ocupa a tela inteira. Meu Deus, como ela fotografa bem. Eu acho a minha mãe muito bonita e atraente. Está com umas olheiras de cansaço e um olhar meio assustado, mas isso só lhe aumenta o charme. Minha alegria não tem limite e vai-me estufando com suas pancadas na caixa do peito, e eu vou inflando de alegria até que tudo arrebenta num choro desgovernado. A imagem da minha mãe fica boiando nas minhas lágrimas. As pessoas em volta, me vendo chorar, começam a rir, mas acho que é de contentes.

— Então, dona Ivone, conte para os telespectadores como a senhora está se sentindo.

A dona Ivone, agora, tem nos lábios um sorrisinho maroto. Ela ergue as sobrancelhas, sacode a cabeça e, depois de algum tempo, aproxima-se do microfone:

— Bem, o que é que eu posso dizer? Que estou feliz da vida, que o episódio foi edificante e que o mundo é o melhor lugar do universo para se viver?

O microfone some e ouve-se a voz do Laércio:

— Mas a senhora está um pouco assustada, não está?

— Meu filho, eu fiquei muitíssimo assustada. O tempo todo com aquele cano de revólver machucando minha nuca, depois sair como escudo dos bandidos. Eu sabia que, qualquer passo em falso, eu morria. E isso não assusta um pouco, isso provoca pânico. Eu não conseguia pensar. Virei instinto puro.

— A senhora poderia dizer para nós quanto foi que os bandidos levaram?

Novamente deu para ver aquele sorrisinho maroto nos lábios da dona Ivone.

— Olhe, eu preciso voltar à agência, convocar os caixas, o contador, então nós vamos fazer um balanço e saber quanto eles conseguiram levar. Isso demora algum tempo.

O microfone some outra vez para captar a voz do repórter Laércio Cordeiro:

— E durante o percurso até aqui, como foi que os assaltantes trataram a senhora? Eles chegaram a fazer alguma ameaça? O que é que eles diziam?

Até aquele momento, a praça vivia um dia escuro, ventoso, então todos veem quando os pingos começam a cair. Ligo para o celular da minha mãe, enquanto o grupo todo foge em busca da proteção de uma marquise. Acho que ela está sem o telefone, pois não faz gesto nenhum para atender.

Acho que em toda a minha vida nunca senti pulando dentro de mim uma alegria tão gorda, como eu estou sentindo aqui sentada na penumbra da saleta da dona Adélia. Tenho que fazer alguma coisa, tenho que dizer meus gritos de vida, mas não posso sair daqui, pois quero assistir a tudo até o final.

Debaixo da marquise, a minha mãe começa a responder:

— Não, fisicamente não me fizeram mal nenhum, além do cano de revólver na minha nuca. Numa hora eu quis falar em favor do bispo e um deles me disse: "Cala essa boca, sua vaca!". Eles estavam muito nervosos. Quando resolveram me soltar...

Enquanto a minha mãe está falando, quem eu vejo entrando no enquadramento da televisão? O Sérgio, com aquela cara de quem viu fantasma. Mas olhem só, ele entra ignorando a reportagem e dá um beijo na namorada. Que cretino!

—... eles disseram que era pra eu dar um recado à polícia: "Qualquer aproximação, o bispo não existe mais". Me fizeram repetir, para ver se eu ia dar o recado de modo correto. E eu repeti: "Qualquer aproximação, o bispo não existe mais. E eles não estão brincando. Acho bom nem pensar em perseguição, porque eles não estão brincando".

— Então, fica aí registrado o recado dos bandidos para a polícia: Qualquer aproximação... como é mesmo?

—... o bispo não existe mais. E eles ainda disseram: O bispo é nosso.

—... o bispo não existe mais.

Aproveito uma outra pergunta do repórter, porque agora o bla-blá-blá não me interessa mais, e ligo para o celular do Sérgio. Um segundo só e ele aparece ainda na tela pegando o aparelho da cintura. Peço para falar com a minha mãe e ele me manda esperar um pouco. Quando ela atende, a reportagem já está encerrada e os comerciais correm à solta na televisão.

Agora era assim: todo dia eu entrava no *chat*, recolhia o Fabrício e íamos conversar sozinhos no msn. Um cara incrível. Nos primeiros dias fiquei meio assustada, porque eu não sabia nada dele, mas eu sabia que era só não entrar mais naquele *chat* e nada poderia me acontecer. E não é por isso que eu gosto de frequentar salas de bate-papo? A hora que não quero mais, me mando e pronto.

Hoje até que sei bastante coisa sobre ele. Sei que estuda, como eu, que pretende fazer Arquitetura, que já sabe dirigir, mas não dirige porque ainda não tem idade para tirar a carteira de motorista. Gosta de cinema, frequenta exposições, curte música. Os papos dele são legais porque falamos de nós, claro, mas também de outras coisas. Outro dia ele me perguntou se tenho lido alguma coisa sobre o desmatamento. Então ficamos até as onze horas da noite conversando sobre o aquecimento da Terra, a emissão de gases, um monte de coisa que me parecia babaquice de adulto e que o Fabrício acabou me convencendo de que o assunto é muito mais nosso do que deles. Eles não vão chegar a ver o efeito dos estragos que fizeram. E nós?

Puxa, o Fabrício é um cara ligado e muito gente fina.

Ontem ele me mandou um poema, pediu que eu lesse e desse a minha opinião. "Que opinião!", gritei assustada. "Não sei dizer nada sobre poesia". Disse que eu esquecesse a opinião. Bastava dizer se gostei ou não. Mas que eu lesse primeiro.

Uma nuvem passou de pés descalços
brincando de branco
no campo azul.
Perdida de seu rebanho
sozinha
avançava com a boca cheia de silêncio.
Não sabia aonde ir
não conseguia parar
por isso deixou-se levar por um vento frio
que a esfarelou em lágrimas em cima do primeiro mar.

Li duas vezes, até gostei, mas entendi muito pouco. Foi isso mesmo que eu disse a ele. Que sim, dava uma sensação agradável, mas que eu não entendia muito bem o que o poema estava querendo dizer. "Tudo na vida é efêmero", ele respondeu. Tive de perguntar o que era efêmero e ele explicou. "Viu só, como não é difícil? A vida não passa de uma nuvem que ali na frente se esfarela."

"Bonito!", foi a mensagem que enviei. Eu estava, de fato, descobrindo que a poesia é um modo diferente de ver o mundo, de ver beleza onde não havia nada. É um tipo de pensamento que penetra mais nas coisas e exige um jeito de dizer que seja como se fosse pela primeira vez. No balé também. Os gestos podem ser apenas a harmonia dos movimentos, mas às vezes reproduzem a vida, não como cópia, mas com um jeito de primeira vez.

"Se você abre a casca e deixa que a beleza a penetre, Letícia, não há centímetro de seu corpo que não fique mais belo."

Em uma de suas mensagens, o Fabrício apenas me perguntou: "Em que cidade você mora?".

Cheguei a pensar em uma mentira, que é como a gente sempre se previne nesse tipo de contato. Pensei bem e resolvi falar a verdade. Surpresa: moramos na mesma cidade.

9

Tem um senhor lá na portaria

Demoro muito para conseguir responder. Ouvir a voz da minha mãe, nesta situação, é uma coisa que me derruba, me provoca um terremoto de berreiro que chega a espantar as funcionárias, que já estavam saindo e voltam preocupadas. Que vontade é esta de gritar para ser ouvida do outro lado das estrelas? "Calma, menina", todas me sugerem uma calma que não é mais possível alcançar. Agora eu quero é esta morte barulhenta, é este escândalo, este susto, agora eu quero é terminar de sofrer esta ansiedade que eu não suportava mais.

Na outra ponta da ligação, a minha mãe se preocupa comigo:

— Aline!... Minha filha!... Aline, responda, minha filha! Sou eu, a Ivone, sua mãe, Aline. Que é isso, filhinha, pare de chorar! Eu já estou em segurança.

— É uma explosão, mãezinha. Eu estava arrebentando, então tive de explodir.

Nós duas ficamos sem falar um tempão porque nosso riso é muito caudaloso.

Por fim, peço a ela, mas peço com a minha voz de súplica (chorosa e insistente), para ir embora:

— Quero ficar com a senhora, mãe.

Ela diz que não, que tem ainda muita coisa por fazer — no banco e na delegacia.

— Bota a diretora no telefone — ela pede.

Não sei onde anda a dona Adélia e quase entro em pânico. Uma das funcionárias que ainda não foi embora é da coordenação da escola e fala com a minha mãe. Depois de um tempo, ela me informa:

— Você deve ir para a casa da sua avó. É para esperar aqui na escola, que o Sérgio vem buscar você.

As pessoas vão cuidar das suas obrigações e eu fico sozinha vendo televisão. Escolho um desenho e me atiro na poltrona. Minha vontade mesmo, agora... ai, esta tontura... me ajeito melhor, me encolho pra caber na poltrona, o mundo... uma valsa... ah, minha mãe...

Como era o sonho não me lembro, mas acho bom ouvir o meu nome dito com delicadeza e repetido até que abro os olhos. Sento-me sem graça.

— Acho que dormi.

— Dormiu sim. E fez muito bem.

É uma daquelas funcionárias que acompanharam a reportagem até o fim.

— Tome aqui seu material. Tem um senhor lá na portaria esperando por você.

Ela me entrega o material e desaparece. Coisa estranha, sair da sala da diretoria, caminhando sozinha por estes corredores a uma hora destas. Parece que tudo faz parte de um sonho do qual não consigo sair completamente. Como se eu não fosse a Aline, mas uma personagem de um filme ruim. Passo pela frente das salas, numa das quais eu deveria estar agora, e ouço as vozes dos professores, de vez em quando uma palavra solta de algum aluno.

Sei que deveria lavar o rosto para acordar direito, mas tenho pressa de ir embora, de encontrar alguém da minha família. Tenho pressa de encontrar a minha mãe, de conferir cada pedaço do seu corpo para ver se ela está inteira. Não posso perder o senhor lá na portaria esperando por mim.

Quando o Sérgio me vê, caminha ao meu encontro e me abraça. O seu rosto está cheio das marcas do medo e do cansaço. Eu aproveito e soluço uns restos de soluço que ainda não tinha usado. Então, depois de me dar um beijo na testa, ele fala com a sua pior voz:

— Pronto, agora já passou. Um susto e tanto, menina, mas já passou.

Ele está um pouco atrapalhado, isso é fácil de se ver. Nós nunca estivemos tão perto um do outro, e eu nunca escondi a minha antipatia por ele. O seu modo de piscar e mover a cabeça é de quem está esperando o ataque do adversário. O seu corpo todo parece de prontidão.

— E a minha mãe? — pergunto com sono.

— Ela está bem. Tem de resolver umas questões, você sabe, mas logo, logo está em casa.

Eu tenho um trato com a minha mãe, e acho que está na hora de começar a cumprir a minha parte. Chego a abrir a boca pensando em estabelecer um tratado de paz entre nós dois. Apenas abro a boca, meio idiota. Não consigo articular uma só palavra, tamanha a inibição que sinto nesta primeira aproximação.

Nossa troca, na viagem até a minha avó, é mínima, mas o silêncio dentro do carro é leve, e imagino que um acordo de paz apenas subentendido esteja nascendo. O Sérgio de vez em quando olha para mim, sacode a cabeça e repete:

— Que susto, menina.

Com o carro parado num farol, me bate uma vontade estúpida de agradar o Sérgio. Enfim, ele representa, nesta crise, o papel de terra firme, onde posso ancorar sem medo, uma companhia que me faz bem. Apesar da minha cara de hostilidade explícita, pois nunca escondi a minha antipatia por ele, sou tratada com gentileza por ele, que não me cobra nada. Gosto muito de não ser cobrada pelos meus erros. Para mim basta a consciência de tê-los cometido. Eu mesma me corrijo, ou me puno.

Quando abre o sinal e o carro arranca, crio coragem:

— Eu vi você na televisão.

— Mesmo? Então você acompanhou da escola o que estava acontecendo?

— Sim.

Fico em silêncio bastante tempo. O que se pode dizer a um homem desse tamanho? Quais são os seus interesses?

— A minha mãe fica muito bonita na televisão, você não acha?

— Nunca vi sua mãe na televisão — ele sorri —, mas ela é muito bonita de qualquer jeito: na televisão, ao vivo, de qualquer jeito.

As palavras que trocamos são esparsas, pois não sei o que falar com ele. Há pouco disse que tinha conhecido um garoto sensacional no *chat* e ele apenas comentou com um hã-hã de boca fechada, porque decerto não é assunto do seu interesse.

Quando vejo, o carro estaciona na frente da casa da minha avó, e ela está na porta me esperando.

— Principalmente agora — eu disse à Dora.
— Por que "principalmente agora"? — ela me perguntou quase espantada.
— Depois eu conto.
— Bem que notei seu sumiço do *chat*.
Nas aulas de Educação Física ninguém me superava. Não havia músculo do meu corpo que eu não conhecesse e não tratasse a pão de ló. Em exercícios de solo, barras de todo tipo, cavalete, eu era sempre a primeira. Nossa professora insistia para que eu fizesse ginástica olímpica. Minha única concorrente era a Dora, que me perguntou por que não aproveitava o convite da escola para me inscrever no campeonato. "O meu negócio é o balé", foi a minha resposta. E, depois de uma pausa: "Principalmente agora".

Até o fim da aula, a Dora me olhava de vez em quando com a ruga da testa querendo saber. "Principalmente agora" era uma expressão de pouco uso entre nós, que levávamos uma vida sempre igual, repetindo a rotina semanal como se já estivesse toda ela formatada. Por isso a estranheza da Dora. "Principalmente agora" tinha um significado evidente, que poderia ser traduzido por: há novidade no pedaço.

Quando cheguei ao vestiário, a Dora e a Carol já me esperavam. A Carol, por ser a minha confidente, veio primeiro perguntando:
— Que novidade é essa que você ainda não me contou?

A ansiedade das duas era tão grande que já estavam trocadas e com a mochila nas costas. Está certo que eu tinha ficado um tempinho a mais na quadra repetindo para a professora pela milésima vez que o meu negócio era o balé. Ela até entendia, mas achava que a ginástica não atrapalharia o balé.

— Ou me dedico a uma coisa ou a outra, a senhora não acha?

Então ela me largou sem dizer mais nada.

— Eu não tinha certeza, por isso não comentei com ninguém.

Elas ainda tiveram de esperar enquanto eu tomei minha ducha.

A mãe da Carol era quem vinha trazer e levar nós três para as aulas de Educação Física. Isso duas vezes por semana. Na descida para o portão, onde ficávamos à espera, expliquei por que vinha sumindo do *chat*. O primeiro encontro com um rapaz numa sala de bate-papo, o convite dele para conversarmos sozinhos, as minhas dúvidas, depois a decisão de encarar o cara.

As duas, uma de cada lado, me atropelavam, querendo adivinhar o que poderia ter acontecido.

— O carinha, vocês não vão acreditar, o carinha é poeta.

— Como assim?!

Agora o espanto delas cresceu com o volume da voz. Machucaram meus ouvidos. Poeta, para nós, era um sujeito morto há muito tempo e um nome que a gente deveria decorar na escola. Aquelas coisas antigas. Poeta tinha cabelos desalinhados, muitas vezes aparecia de cavanhaque, se escorava numa bengala, e o seu olhar, bem observado, tinha alguma coisa da loucura mansa que não metia medo na gente.

— Assim mesmo. Ele me ganhou quando começou a falar de arte. Acho que sabe de balé mais do que eu. E as coisas que ele diz, vocês não podem nem imaginar. Ele discute assunto sério, fala da vida, dos problemas sociais, nossa, o carinha é bárbaro. Já me mandou poemas de outros poetas, me mandou vários dele mesmo. Bárbaro mesmo. No início desta semana, ele começou a falar de amor.

Chegamos ao portão e elas continuaram me olhando, mas agora com ar de piedade. Foi a Carol quem por fim perguntou:

— Aline, acorda, garota! Você está apaixonada?

Eu acho que tinha um sorriso meio bobo grudado no meu rosto, por isso a pergunta da Carol.

— Acho que sim...

A Dora então me atacou:

— Mas você está doida! Ficar apaixonada por umas palavras! Vocês nunca se viram, você não sabe nada do cara. Pare com isso, garota.

Eu ainda não tinha pensado que estava apaixonada. Só descobri isso na boca da Carol. Mas eu estava, sim. Não me aguentava de impaciência, todas as noites, esperando a hora em que eu já pressentia a presença do Fabrício na frente do computador. Ele não ficava mais do que duas horas e se despedia. Então, até a noite seguinte, eu ficava curtindo as coisas que ele tinha dito.

Depois que comecei a conversar diariamente com o Fabrício foi que me conscientizei da existência de uma coisa que é a arte, que não é só um passatempo, uma diversão, mas é o reflexo do que há de mais puro e verdadeiro do pensamento humano. Mesmo o balé, para mim, tinha atingido uma dimensão mais elevada.

Falei dessas coisas todas para as meninas, que mais uma vez ficaram me olhando sem entender nada.

10

Um cheiro antigo

A minha avó é ainda mais exagerada do que a minha mãe. Do carro até a porta da casa é um pulinho de quatro, cinco passos, e ela vem correndo ao meu encontro com um guarda-chuva aberto, gritando que eu me cuide, por causa da pneumonia:

— Você ainda apanha um resfriado, Aline.

O Sérgio manda um beijo pelo ar, que ela rindo pega com a mão livre, e se vai. Ele tem muito serviço no escritório e não pode ficar. Como despedida, me dá um beijo na testa e diz, muito paizão:

— Te cuida, garotinha.

Faz cinco anos que a minha avó está completamente viúva. Eu tinha onze anos quando o meu avô morreu, por isso ainda me lembro dele. Quando ficou sozinha, a vó Joana trouxe uma cunhada para morar com ela. Mas a tia, como me ensinaram a tratá-la, não está. Ela ficou tomando conta da loja enquanto a vó Joana acompanhava pela televisão o que acontecia com a sua filha.

— Que susto, minha querida, que susto! Mas imagino que o susto da Ivone tenha sido ainda maior que o nosso.

Gosto da casa da minha avó porque mergulho neste cheiro antigo e parece que saio do mundo, deste mundo onde vivo, para me tornar personagem de uma história. A sala é muito grande, com móveis pesados e cobertos de bailarinas de louça, animaizinhos de ágata, personagens de muitos materiais, todo tipo de bibelôs, de conchas metálicas, cinzeiros de cristal, castiçais de braços erguidos à toa. Vasos, muitos vasos e de todos os tamanhos, com flores naturais, com flores artificiais, sem flor nenhuma. São os enfeites da minha avó, tão criticados pela minha mãe. Mesa no centro da sala, a cristaleira ao fundo, um piano-armário perto da escada, dois aparadores, sofá, poltronas, cadeiras, um chapeleiro logo na entrada, onde a minha avó acaba de colocar o guarda-chuva pingando. Móveis antigos, que me causam uma sensação de solidez. A única coisa que não brilha nesta sala são os tapetes onde meus pés afundam com prazer.

Passamos para a sala da televisão, que ainda está ligada.

— Coitado do bispo, que eles até agora não soltaram!

Sentadas na frente da televisão, assistimos a alguns comerciais. Então, a vó Joana segura o meu queixo com a ponta dos dedos e, sorrindo com malícia, me pergunta:

— Quer dizer, então, que você está de bem com o namorado da sua mãe?

Esta é uma situação tão recente que não sei o que responder.

— Bom, vó, ainda não sei direito. Se os dois não me empurrarem pra fora da vida deles, acho que não preciso mais ficar de mal.

Ela diz que eu sou uma garota linda, a neta mais linda que ela tem. Me dá um abraço e um beijo e me afaga a cabeça. Pergunta se quero comer alguma coisa antes do almoço e respondo que não, que só estou com vontade de dormir um pouco.

— Ah, não, querida, a Márcia já vai servir o almoço. Depois você dorme, que o dia só está bom para isso mesmo. Que tempo!

A voz dela é de quem está sentindo alguma frustração, e decido não dormir.

— Não, vozinha, não quero dormir, não. Eu quero é ficar na companhia da senhora, está bem? Já fico contente. E se a senhora quiser tocar um pouco de piano pra mim, eu fico mais contente ainda.

A vó Joana então se bota a falar da minha mãe, de quando ela era pequena: o que fazia, o que dizia, as suas espertezas e habilidades. Não sei se presto mais atenção no que a minha avó diz ou na televisão, com os seus comerciais. Agora parece que vai começar um noticiário e esqueço que a minha avozinha está aqui do meu lado contando a vida da sua filha (acho que toda mãe é assim), porque tenho esperança de que mostrem novamente a minha mãe. Talvez eu fique sabendo a que horas ela vem me buscar, mas a minha avó me pergunta se eu não acho e eu não sei do que ela está falando. "Acho que sim", eu respondo, porque é um modo de não dar uma resposta definitiva. A vó Joana cala-se por um momento, então comenta, muito compenetrada:

— Agora vamos ficar quietas, ouviu? Vai começar o noticiário. Quem sabe sua mãe aparece outra vez. Será que eles machucaram ela? Você não ficou sabendo?

— Ela disse que um pouquinho, na nuca, mas que não foi grande coisa.

Mas ela não para, a minha avó Joana. Agora começa a me contar de um assalto à sua loja, quando o meu avô ainda era vivo.

— Roubaram pouca coisa, sabe, mas o medo que a gente sente com aquelas armas apontadas pra nossa cabeça, você nem imagina. Seu avô tinha acabado de levar o dinheiro pro banco, e os ladrões, eram dois, levaram uma ninharia.

— Olhe lá, vovó!

— É a Ivone, criatura!

É uma cena que eu já tinha visto na escola: a minha mãe aparece pelo vidro da janela com um bandido dando uma gravata no pescoço dela e um imenso revólver cutucando sua nuca. Apesar de já termos visto a cena, voltamos a ficar emocionadas, como se estivesse acontecendo agora.

A empregada aparece na porta, avisando que o almoço está servido. Mas nós ainda ficamos até o fim da notícia, que só mostra o que já vimos, sem novidade nenhuma, a não ser que o bispo ainda não apareceu, mas isso pouco me importa. Eu queria é notícia da minha mãe.

Me levanto primeiro e ajudo a minha avó a se levantar, puxando-a pela mão. Isso nos diverte, porque a vó Joana não é nenhuma velhinha coroca e encarangada, que precise de ajuda. Bem enxuta é que ela está.

O almoço foi servido na mesa da cozinha, porque somos só nós duas. Não é como nos domingos em que toda a família se reúne aqui e, então, a gente almoça na sala de jantar. Aquilo fica parecendo um restaurante cheio de gente e de barulho. Prefiro a intimidade da cozinha. Aqui, tenho a impressão de que a minha avó é mais minha, pois a desfruto sem concorrência.

A Márcia já está sabendo das notícias e vem até a mesa perguntar como está a minha mãe e se ela não vem almoçar. Não tenho muito que dizer, por isso digo que ela está bem, mas que não vai ter tempo de almoçar conosco. Termino de falar isso tudo e me calo, mas percebo o olhar severo da vó Joana, que bem conheço. Então, agradeço pelo interesse da empregada. Ela se afasta como se acabasse de conversar com uma celebridade. E acho que muita gente vai me tratar assim nos próximos dias, enquanto o assalto ao banco não for esquecido.

Minha avó me atropela com uma pergunta inesperada:

— E você, Aline, já arranjou um namorado?

Respondo que não, que namorado não se usa mais. Tenho um paquera pela internet e de vez em quando um ficante. Tenho de explicar a ela o que significa tudo isso. Ela olha pra mim como se estivesse vendo o monstro da lagoa negra.

Muitas vezes vi a minha mãe trazer trabalho para casa. Enquanto eu estudava ou navegava pela internet (quase sempre em alguma sala de bate-papo), ela ficava na sala examinando aquela papelada cheia de números. Quando o expediente é muito agitado, um dia me explicou, não dá tempo de executar algumas tarefas internas.

Eu tinha acabado de dizer ao Fabrício que era para eu estar no segundo ano, mas que, no ano passado, muitas vezes passava a noite toda ligada na internet. Por isso, tinha perdido um ano.

Da sala, onde examinava o seu calhamaço de papéis cobertos de números, a minha mãe gritou meu nome. Fingi não ter ouvido na primeira vez, porque ainda estava explicando ao Fabrício por que tinha perdido o ano. Ela me chamou novamente, e pedi que ele me esperasse um pouco.

Botei a cara para dentro da iluminação da sala e choraminguei:

— Mas são só dez horas, mãezinha.

Ela ergueu o lápis e as sobrancelhas.

— Do que é que você está falando, criatura?

Foi a minha vez de não entender o que estava acontecendo. Além das sobrancelhas, ergui os dois ombros ao mesmo tempo.

— Eu queria que você me fizesse um suco, filhinha. Estou morrendo de sede, mas ainda falta um monte de coisa pra fazer.

Primeiro corri até ela e dei-lhe um beijo barulhento de estralado na bochecha. Em seguida corri até a cozinha e num minuto fiz o suco que ela pediu. Na volta ao computador, perguntei se o Fabrício tinha esperado muito.

Fabrício diz:

Por você, nenhuma espera é mais longa do que o prazer do bate-papo.

Letícia diz:

Se você soubesse o quanto me acho tola e sem graça...

Fabrício diz:

A modéstia, Letícia, é o perfume das almas belas.

Letícia diz:

O ano que eu perdi me deixou com a alma muito feia.

Fabrício diz:

Não existe ano perdido, garota, se o ano foi vivido. Não se pode apagar o que se viveu durante um ano. Os anos passam sem nos perguntar o que fizemos deles. O que a gente pode perder é um objetivo ou outro, quando eles existem. Se não, nem isso se perde.

Letícia diz:

Meu Deus, como você me faz bem. Mas você diz coisas de quem já tem mais de vinte anos.

Fabrício diz:

Já fiz dezesseis. E você?

Letícia diz:

Eu também. Seria tão bom se a gente pudesse se conhecer pessoalmente, não acha?

Fabrício diz:

Pois eu tenho muita esperança de que isso um dia aconteça.

A conversa foi por aí até quinze para as onze. Despedimo-nos **suspirando** e com promessas de voltarmos no dia seguinte. Fui até a sala e me enrolei no pescoço da minha mãe, aplicando-lhe outro beijo no rosto.

— Boa noite, mãezinha.
— Não tou te reconhecendo, querida!
— A senhora nem imagina o tamanho que ficou o meu coração.

Ela resolveu que precisava dormir também. "Tamanho do coração...", ela resmungou ao me beijar na cama e me desejar uma boa-noite.

11

Bolinho de chuva

Acordo pensando que é a minha mãe. A vó Joana tem o mesmo jeito de me acordar: senta na beirada da cama, diz meu nome baixinho e me passa a mão pela testa. O quarto está mergulhado em penumbra e demoro algum tempo para descobrir que não é de manhã nem é a minha mãe que está sentada na cama.

— Venha, Aline, a Márcia fez uns bolinhos daqueles de que você gosta. E agora vou tocar alguma coisa pra você.

Ela abre a cortina e sinto o frio que desce do céu pelos riscos da chuva.

— O bispo já foi encontrado — ela me informa contente. — Ele estava caminhando sozinho numa estrada deserta. E a Pajero apareceu no quintal de uma casa abandonada a mais de duzentos quilômetros daqui. Vazia.

— E a minha mãe?

— Ela telefonou enquanto você dormia e disse que daqui a pouco vem pra cá.

A vó Joana diz qualquer coisa para a Márcia, e vamos abraçadas para a sala. Atrás de nós chegam os bolinhos de chuva ainda fumegando. Ela ergue a tampa do teclado, alisa as teclas com o feltro de proteção, ajeita a banqueta e fecha os olhos, a cabeça levemente erguida. Quantas vezes assisti a esta cena? O seu ritual é o mesmo desde que comecei a andar. Tudo isso é feito em silêncio e concentração, tanto da pianista quanto daqueles que se preparam para ouvi-la.

Com as três primeiras notas, identifico a peça "Clair de Lune", de Debussy. A delicadeza da melodia e suas notas soltas e molhadas como pingos de chuva me fazem sentir frio, não um frio físico, frio nos braços, mas um frio que é uma pureza, o bem-estar de uma viajante despreocupada a caminho de muito longe.

Não posso esquecer que hoje de manhã prometi duas coisas se a minha mãe se saísse bem daquela enrascada. Preciso regular minhas entradas em *chats* e estudar muito mais para passar de ano. Sem recuperação. O Fabrício disse que não se perde um ano, porque não se pode apagar o que se viveu durante esse tempo. Mas eu tenho de me livrar desta sensação horrorosa de ser menos competente do que os outros. A vó Joana termina a "Clair de Lune", e eu aplaudo com muita vibração. Ela se levanta e se inclina reverente para o meu lado, em agradecimento.

A travessa ainda está cheia dos bolinhos da Márcia. Aproveitamos o intervalo para nos servir. Enfio dois na boca, com pressa, porque o ritual da pianista recomeça. Ela olha para mim, conferindo se estou prestando atenção. Ainda estou engolindo os bolinhos, mas muito ligada no piano. Ela começa e eu pulo da cadeira.

— Ah, não, vozinha, esta é a minha valsa.

— Pois então comece a dançar.

Minha avó está começando a "Valsa em dó sustenido menor", de "Les Sylphides", de Chopin. A apresentação da nossa escola foi o maior sucesso. Eu não resisto e invado a sala reclamando:

— Eu não trouxe as sapatilhas.

Ela toca sem tirar os olhos de mim, dos meus movimentos. E não para de sorrir, como se ambas tivéssemos fugido para um mundo fantástico, onde a vida é prazer e alegria, nada mais.

Depois da última nota, ela vem me abraçar:

— Você é uma verdadeira sílfide, minha querida. Você está divina, criaturinha.

A campainha toca e eu corro para abrir a porta. É ela, sim, e eu me jogo em seus braços. Faço beicinho, ameaço chorar, mas já não há mais lágrimas no reservatório. Beijo-a com a fúria de

quem viu a morte passar por perto. A minha mãe me retribui, enchendo minha cara de beijos também. Sabe-se lá o que passou pela sua cabeça enquanto ela tinha aquele cano de revólver cutucando a sua nuca.

Eu ainda não andava muito convencida de que o meu vício me prejudicava; por isso, não entendi o Fabrício quando um dia ele não quis ficar mais do que dez minutos comigo no msn. Ele disse que estava lendo um livro sensacional; então, ia cair fora. Ah, sim, disse também que tinha me achado a garota mais bonita que ele jamais vira em toda a sua vida. E que tinha colocado várias fotos suas no orkut também.

Zanzei um pouco pelo apartamento antes de entrar no orkut. Eu tinha muito medo de me decepcionar. Todo mundo diz sempre que uma coisa é a voz, outra o rosto. Do Fabrício eu só conhecia as palavras. E um pouco do seu pensamento. Mas e o rosto dele, como seria? Isso me assustava. Por fim, tomei um copo de água e enfrentei o *orkut*. Lá estava ele em seis fotos. Todas elas escuras, mal focadas ou tiradas contra a luz. Não era ainda uma decepção, apenas a permanência da dúvida.

Para os meus padrões, era tarde para estudar e cedo para dormir. Me lembrei das reclamações da turma, "você não aparece mais no *chat*", e resolvi dar uma volta para ver se encontrava algum conhecido. Entrei.

(10:02:38)	Letícia *entra na sala...*
(10:02:47)	gostozao macaé RJ *fala para* top: quer ver
(10:03:11)	xerox *fala para* MELZINHA: vc quer tc
(10:03:15)	dudu *fala para* gostozao macaé RJ: tudo bom
(10:03:19)	top *fala para* gostozao macaé RJ: pena que não é possivel adoraria
(10:03:29)	malandrinho *fala para* MELZINHA: oi tudo bem
(10:03:30)	gostozao macaé RJ *fala para* top: e
(10:03:44)	gostozao macaé RJ *fala para* top: vc e da onde
(10:04:00)	dudu *fala para* MELZINHA: pow me add
(10:04:05)	CRISTIANO RONALDO *entra na sala...*
(10:04:07)	xerox *fala para* MELZINHA: oi mel
(10:04:20)	tarado por mhr *fala para* MELZINHA: voce tem msn
(10:04:20)	CRISTIANO RONALDO *sai da sala...*
(10:04:27)	top *fala para* gostozao macaé RJ: de salvador
(10:04:27)	gostozao macaé RJ *sai da sala...*
(10:04:27)	dudu *fala para* MELZINHA: posso tida
(10:04:40)	xerox *fala para* MELZINHA: vai deixar falando sozinho
(10:05:01)	dudu *fala para* xerox: tem msn
(10:05:07)	malandrinho *fala para* MELZINHA: vamos conversar mel
(10:05:29)	xerox *fala para* dudu: sim
(10:05:34)	top *fala para* QUETINHO!!!!!!!!: quer que eu te encontre?
(10:05:34)	tarado por mhr *fala para* MELZINHA: ta
(10:05:36)	dudu *fala para* MELZINHA: pow amor claro que nao
(10:05:50)	dudu *fala para* Letícia: tem msn

```
(10:05:56)    saradinho *sai da sala...*
(10:06:03)    dudu *fala para* todos: q tem msn
(10:06:03)    malandrinho *sai da sala...*
(10:06:07)    Letícia *fala para* dudu: tem
(10:06:27)    dudu *fala para* Letícia: fala
(10:06:34)    top *fala para* Letícia: tem o que?
(10:07:29)    Letícia *fala para* top: msn
(10:07:54)    dudu *fala para* Letícia: vc topa cai fora
(10:08:01)    top *fala para* dudu: vc tb?
(10:08:07)    dudu *fala para* top: c q sabe
(10:08:15)    top *fala para* Letícia: da end gatinha
(10:08:24)    Letícia *fala para* top: sou comprom
(10:08:28)    Letícia *sai da sala...*
```

Depois de dizer que sou comprometida, caí fora de vergonha. Nunca tinha pensado nessa coisa absurda que é me considerar comprometida com alguém, mas principalmente com um nome, umas palavras e umas formas indefinidas na escuridão da foto.

Por outro lado, pensando bem, precisava me mandar porque não encontrei conhecido nenhum nas salas de costume, e o papo, mãe do céu, não sei como foi que por tanto tempo fez a minha cabeça.

Mais do que tudo isso, contudo, eu estava achando que deveria começar a ler um livro que tinha tirado na biblioteca. O pior que poderia me acontecer era o livro me dar sono e eu me enfiar na cama.

12

O maior sucesso

Agora não tem mais jeito: sou uma filha de ex-refém. Ontem à noite (nem liguei o computador), mamãe me disse rindo que já tem história para contar aos netos. E como alegrias e tristezas de mãe são também dos filhos, não posso evitar o sucesso que faço de carona com ela. Na calçada foi difícil caminhar, e na portaria aquela carcereira de ontem me espera em posição de sentido, mas com um sorriso cheio de orgulho por causa da minha celebridade. A dona Adélia quer falar comigo. O saguão inteiro quer saber, então, como é que foi.

Atravesso o saguão cumprimentando um lado e outro como se fosse político ou atriz famosa.

— Já volto — vou repetindo, como se a minha ausência fosse causar um furor coletivo.

A porta da diretoria está aberta e a dona Adélia me vê de lá de sua escrivaninha e acena para que eu entre.

— Então, minha filha, como terminou seu dia ontem?

— Terminei bem, dona Adélia. Na casa da minha avó comi bolinho de chuva, ouvi música ao vivo, dancei a minha valsa das Sílfides até a minha mãe chegar. Ela que estava com o rosto marcado de cansaço, mas o susto já tinha passado.

A dona Adélia se levantou e veio até perto de mim.

— Escute, Aline, um fato como esse que aconteceu à sua mãe tem uma repercussão muito grande e os alunos, a esta altura, já devem todos estar sabendo alguma coisa. Procure não ficar muito exposta para evitar tumulto, entendeu? Os pequenos, principalmente, estão muito excitados com a história. E assustados, certo?

Não, eu não estou entendendo o que ela quer. Que mal pode haver se os meus colegas estão curiosos, querendo ouvir o relatório da filha de uma ex-refém? Quem melhor do que eu para saber de todos os detalhes do assalto? Respondo que entendi, mas não vou perder o gostinho do sucesso. E volto para o saguão. Os pequenos não são propriamente pessoas das minhas relações. Vão ouvir a história de segunda ou de terceira mão.

No saguão, não consigo evitar uma pontinha de ciúme. No centro do círculo, quem dirige a narrativa é a Carol, que ficou comigo quase meia hora no telefone ontem à noite. Quando saí com a inspetora de alunos, de manhã, e não voltei, eles ficaram muito preocupados. Mas depois toda a mídia deu amplas informações sobre o assalto à agência do banco da minha mãe. Mesmo assim, a Carol quis falar comigo. Ela está sabendo mais do que os outros, por isso goza dos privilégios de quem sabe.

Me enfio no bolo de gente em volta da Carol, muito anônima, fingindo ser também da plateia, só para ver até onde vai a festa dela. Ela não me vê porque eu estou às suas costas, mas a Dora, que está de frente para mim, avisa:

— Olhem só quem está aí.

Minha mãe apareceu ontem na televisão, várias vezes, primeiro como refém de bandidos que assaltaram um banco, depois dando entrevistas, explicando com detalhes o que tinha acontecido. Pronto, tornou-se o assunto da cidade, e a sua filha, tão assustada ontem o dia todo, hoje desfila como atriz de Hollywood.

Quase me rasgam a roupa, porque mãos pesadas me puxam de todos os lados, ninguém se conforma de ficar por trás. Estou mergulhada, afogando-me neste turbilhão de braços, cabeças e uniformes, completamente mergulhada em cabelos e gritos emitidos por estes uniformes, suas bocas se movimentam e seus olhos me engolem, mas daqui não há jeito de sair. Vou respondendo como posso, dizendo o que sei e inventando o que não sei.

Ouço o sinal para a entrada das aulas e quero me livrar da multidão, mas eles vão comigo, quase todos são da minha classe.

A Carol e a Dora reclamam por causa do aperto, que onde já se viu, calma gente, vai dar pra todos. O Ricardo me pergunta se eles machucaram a minha mãe e respondo que um pouquinho, na nuca. O Gabriel não tem coragem de chegar muito perto, mas não tira os olhos de mim. Nunca tratei mal o Gabriel, tenho a consciência disso, mesmo assim ele tem um olhar machucado, que me acusa de nunca mais ter ficado com ele.

Uma menina que nunca vi quer saber se eu senti medo. Medo? Medo não, aquilo era pânico, eu disse a ela. Fiquei travada, que nem chorar eu conseguia. Outros me perguntam de mais longe, gritando, mas o tumulto é tamanho que não consigo entender uma só palavra do que dizem.

No corredor onde fica a minha sala, começo a me sentir mais livre. Só com a entrada do professor, contudo, é que os colegas me deixam em paz.

13

A *pop star* está com fome

Minha mãe ouve tudo sem tirar os olhos da rua e o seu único comentário é: "Isso era de se esperar". Eu já estava ficando cansada de tanto sucesso. Então, com o sinal da saída, e com a fome que me devora o estômago, torci para que ela já estivesse à minha espera. E estava. Às vezes, fico esperando sozinha no portão. Meus colegas se vão, e eu ali, abandonada pela família. Mamãe me explica que surgiu um problema de última hora que a reteve na agência. E eu acredito. Tenho noção de como seja o trabalho dela.

Desde sempre almoçamos juntas. É coisa muito rara, e muito triste, eu ter de almoçar sozinha. A comida não desce, o tempo não passa e eu acabo deixando quase tudo no prato.

Enquanto espera o sinal verde, a minha mãe me conta que não fez outra coisa no banco senão atender telefone. Todos eles, sem variação, para dizerem que a viram na televisão. Alguns, solidarizando-se com ela pelo que lhe aconteceu; outros, porém, dando-lhe os parabéns por sua bela figura na tela da televisão. Uma festa.

Tudo isso que está acontecendo mexe com a minha cabeça e de repente me vem o impulso de contar à minha mãe tudo sobre o Fabrício. Sei que ela vai dizer que eu não leve a sério a história, pois não passa de brincadeira infantil. Aproveito que ela para de falar e finalmente pergunto, bem fora do meu propósito, por que ela e o meu pai se separaram.

— O que eu não sei — ela começa — é por que fui cometer a burrice de casar com ele.

O que ela acaba de dizer me deixa chocada. Nunca tinha pensado que ela pudesse ter qualquer opinião ruim a respeito dele. O que eu sabia, ou imaginava saber, é que o amor dos dois tinha terminado, por isso cada qual tinha escolhido seu rumo na vida. E agora ela me vem dizer que o seu casamento foi uma burrice.

— Mas se a senhora não tivesse casado com ele, eu não tinha nascido, não acha?

Ela me repreende por estar rindo de boca fechada. Ela não gosta.

— Sei, filhinha, nem tudo foi tão ruim assim. O que me dá raiva foi o esforço que fiz durante muitos anos tentando salvar o casamento. Não teve jeito.

— Mas por quê?

— Eu tinha parado de estudar, achando que trabalhar na loja do papai era meu futuro. Quando casei, seu pai quis ficar trabalhando na loja também. Meus irmãos estrilaram, brigaram, e eu acabei resolvendo dar um rumo independente à minha vida. Voltei a estudar. Fui fazer faculdade. Convidei muitas vezes seu pai, mas ele preferia gastar as noites dele vendo televisão. Até aí, nada de mais. Com o tempo, porém, principalmente no último ano da faculdade, ele deu de ter ciúme de mim. A essa altura, eu já era subgerente do banco, com promessa de promoção para depois de formada. Eu já ganhava mais do que ele. Começou a me vigiar, a desconfiar de todo mundo, a dizer que eu ganhava o que ganhava porque era caso de algum diretor. Não deu mais. Mas por que é que surgiu esse interesse pela história familiar agora?

— Nada não — respondo, sem coragem de citar o Fabrício. — Uma ideia só, só isso. — E fico pensando em projeto de vida. Mas ela mesma começa o cerco.

— E o Gabriel? Você nunca mais falou dele.

— Ora, mãe, o Gabriel é muito legal, gosto muito dele, mas eu acho ele muito imaturo.

— Ele é o quê, Aline!?

— Assim, meio criança, a senhora não acha?

— Eu não tenho que achar é coisa nenhuma.

Durante algum tempo só ouvimos o barulho do motor. A gente está rodando pela avenida Independência e alguns quarteirões à frente fica a nossa rua. Então me decido:

— E tem outra coisa, mãezinha. Eu estou muito ligada num carinha que eu conheci na internet.

Ela dá uma brecada perigosa, tira o carro para a faixa da direita e para.

— O que é que você está dizendo?

— Mãe, o que é que a senhora está fazendo?

— Você disse que está tendo um caso virtual, Aline?

— Não, mãe, não foi isso que eu disse. Eu disse que tem um carinha que eu conheci na internet e que, não sei, mãezinha, depois dos papos que eu bato com ele não aguento mais as infantilidades da turma.

Ela segura o volante como se quisesse quebrá-lo em suas mãos de aço. Ergue os óculos escuros para cima da testa. Está um pouco pálida, a minha mãe, não sei se do cansaço de ontem ou do susto de hoje.

— Quem é esse carinha, Aline? Um carinha com papo de gente grande, minha filha?

— Não, mãezinha, sabe o que é, o Fabrício tem a minha idade, ele disse. E não é papo careta, mas também não é palavra velha, a senhora entende? Ele não fala como vocês, adultos, mas também não diz abóbora o tempo todo, como os meus colegas.

Pelo menos fica quieta. Se está ouvindo ou não, eu não sei. Mas fica calada enquanto eu falo.

— Então, Aline, escute uma coisa muito séria que sua mãe vai lhe dizer. Esses "carinhas" vêm com um papo legal, vão rondando, chegando, e um dia convidam para algum encontro. Você está entendendo, minha filha? É aí que está o perigo. É tudo marmanjo que já passou dos vinte, trinta anos, entendeu, filhinha?

Ela me dá um beijo na testa e liga o motor. Até o apartamento não falamos mais. Como explicar a ela que a nossa conversa é muito mais do que papo sedução, essa conversa mole que já estou careca de conhecer? Melhor não tentar. Além do mais, estou morta de fome.

14

Que surpresa!

Depois da prensa da minha mãe antes do almoço, fiquei prejudicada. E se ela está com a razão? Terminamos de jantar e vou dar uma estudada. As aulas foram tumultuadas, pouca coisa aproveitei, por isso devo repassar as matérias da manhã. Há um monte de coisas que não entendi por causa do alvoroço e preciso marcar na margem. Aprendi a fazer isso. E dá resultado, porque na próxima aula tiro as minhas dúvidas.

Minha mãe disse que estava precisando relaxar um pouco. Nós duas ainda de ressaca daquele fuzuê de ontem. Ela foi ver uma novela dessas chatas, que não vão pra frente nem pra trás.

Tenho a cabeça dividida: preciso estudar e quero estudar, mas já faz dois dias que não entro na internet. Não consigo fixar os climas nas regiões, apesar dos mapas. Resolvo fazer um quadro sinóptico. Sei que vou gastar um bom tempo nisso, mas ainda é cedo e o resultado é sempre muito bom.

Certo, por isso aquela chuvarada ontem e o tempo bom de hoje. Vivo numa região de clima tropical. E estamos no verão. A Europa é temperada apenas com sal, a África é cortada pelo Equador, a Índia é mais tropical ao sul e mais temperada ao norte. Ah, sim, e tem as monções.

E chega. Preciso aproveitar que a minha mãe se emociona com a história de alguém na frente da televisão e dar uma entrada em algum *chat*. A Carol e a Dora andam reclamando que não me encontram mais.

(21:18:40)	Letícia *entra na sala...*
(21:18:45)	Letícia *fala para* Todos: oi
(21:18:55)	spork *fala para* xana: kd vc
(21:18:58)	xana *fala para* Todos: qer tc comigo
(21:19:29)	bruninha *fala para* dadu: fala sobre voce
(21:19:32)	Letícia *fala para* Todos: alg amigo p ai
(21:19:38)	xana *fala para* Todos: vc esta ai spork
(21:20:08)	bruninha *fala para* Letícia: oi sumida
(21:20:20)	Fabrício *entra na sala...*
(21:20:29)	gostosinha *entra na sala...*
(21:20:35)	bruninha *fala para* dadu: 15
(21:20:40)	Fabrício *fala para* Letícia: Salve, Letícia. Simbora?

E nos mandamos. Temos usado o *chat* apenas como posto de observação, ponto de encontro, qualquer coisa assim. Não ficamos dando bobeira, não. Os nossos papos se dão no msn. Onde entro com saudade do Fabrício.

Fabrício diz:

Queria te propor uma coisa.

Letícia diz:

Eu estava com saudade...

Fabrício diz:

Não mais que eu.

Letícia diz:

Não vale mentir, rsrsrsrs

Fabrício diz:

Não te procurei antes porque vou ter uma prova muito difícil amanhã. Agora já posso vadiar.

Letícia diz:

Podemos, então, vadiar juntos. Acabei de estudar um capítulo sobre climas e estou com a cabeça latejando.

Fabrício diz:

Quando a cabeça lateja é porque a gente está crescendo.

Letícia diz:

Credo, não posso crescer muito. Preciso continuar leve como sou.

Fabrício diz:
Sua tonta, você sabe de que crescimento eu estou falando.

Letícia diz:
Claro que sei. Mas de vez em quando preciso brincar, certo?

Fabrício diz:
Certo.

Letícia diz:
Mas você queria me propor uma coisa. Posso saber o que é?

Fabrício diz:
Bem, eu li numa estrela que nossa hora chegou. Depois ela me piscou e disse: Vai, Fabrício, vai ser feliz na vida. Então te proponho a felicidade. Você quer?

Letícia diz:
Sim, quero. Mas como?!

Fabrício diz:
Proponho que a gente se encontre no domingo à tarde.

Letícia diz:
Dá um tempo, que eu vou até a cozinha tomar água.

Me levanto meio desnorteada, o coração disparado e as pernas tremendo. Bem como a minha mãe me disse. Mas pode ser, o Fabrício com tanta coisa bonita na cabeça, pode ser que seja um desses canalhas caçadores de meninas? Vou até a sala da televisão e atrapalho um pouco a novela. Sinto a tentação de contar o que está acontecendo à minha mãe, mas já sei qual vai ser a resposta dela. Eu estou em dúvida e a minha cabeça vai crescer. Ela me dá um tapa na bunda que significa: não atrapalha.

Volto à sala do computador e paro na porta sem coragem de entrar. Enfim, qual o sentido desta saleta, o templo do amor ou um antro de sacanagem? Preciso voltar e dar uma resposta, mas não sinto clareza do que devo fazer. Continuo andando e vou até a cozinha. Tomo água. Tomo dois copos de água, para ver se a passagem do tempo me ajuda com alguma ideia.

— Mãe!

Minha voz sai com tom de lamento, porque estou confusa, porque sozinha parece que não vou conseguir uma decisão justa.

— O que é, minha filha?

Não tenho coragem de contar o drama por que passo, então minto.

— Estou com sono.

— Vá dormir, então, filhinha. Cruzes, mas não é muito cedo?

— Ah, esquece, vá.

Já sei. Digo que vou ao encontro, mas fico escondida.

Letícia diz:

Esperou muito?

Fabrício diz:

Nada se compara à espera do momento em que finalmente vamos nos encontrar.

Letícia diz:

Bem, também acho que já está na hora de um encontro. No domingo à tarde, tudo bem, mas a que horas e onde?

Fabrício diz:

Não sei se é conveniente para você, mas proponho às três horas no saguão em frente às salas de cinema do shopping.

Letícia diz:

Pra mim fica bem.

Fabrício diz:

Vou ter de domar meu coração, porque não sei se ele vai resistir estes quatro dias de espera.

Letícia diz:

Quatro dias passam depressa!

Fabrício diz:

Mais uma coisa. Proponho que você vá de bermuda azul com blusa amarela, se tiver, para que eu te reconheça. Eu vou de bermuda marrom com camisa azul. Serve?

Letícia diz:

Mas claro. No saguão, perto da bilheteria, combinado?

Fabrício diz:

Combinado. Agora meu pai está chamando e eu tenho de desligar. Tchau e um beijo.

Não há nada que eu tanto queira nem que tanto receie como esse encontro com o Fabrício. Fico de olhos abertos na frente do computador, olhos abertos que nada veem porque estou navegando por dentro de mim. Não, não estou pensando sobre o que possa estar à minha espera no domingo. Não, estou apenas com os olhos abertos e a cabeça oca, inteiramente oca.

Passa um pouco, agora, das nove e meia, e não sinto nem um pingo de sono. Não tenho vontade de voltar à Geografia, mesmo porque a sinopse me ajudou bastante e já está feita. Ver metade da novela ao lado da minha mãe também não é programa. Me lembro então, e não sei como não tinha lembrado antes, que à tarde, sozinha aqui em casa, eu li umas vinte páginas da *Lucíola*, de José de Alencar. Me interessou a história da Lúcia, uma prostituta por quem o jovem advogado se apaixona. Desligo brusca o computador e vou ler. Esse Paulo está alucinado pela garota. Mesmo sabendo o que ela é.

Deito por cima da colcha e acendo a luz do criado-mudo. Então mergulho na história desses dois. De longe, mas bem longe, me chegam as palavras quebradas de uma discussão lá na sala, um outro drama que se desenvolve através de sons e imagens. Não chega a me atrapalhar. Termino o capítulo quarto e começo o quinto.

As grandes sensações de dor ou de prazer pesam tanto sobre o homem, que o esmagam no primeiro momento e paralisam as forças vitais. É depois que passa esse entorpecimento das faculdades, que o espírito, insigne químico, decompõe a miríada de sensações, e vai sugando a gota de fel ou ...

Com o dedo enfiado entre as folhas do livro, olho um instante o teto, onde me parece estar escrito que são essas as sensações que me atacam no momento. Mas não é a minha história que estou lendo. E caio do teto para dentro do quinto capítulo. Terrível essa Lúcia que o Cunha pinta para o Paulo. Fica uns tempos com um, depois escolhe outro e despacha o primeiro, sem o menor remorso. Mas não, ela é apenas enigmática. Ninguém sabe direito qual é a dela. Também não sei. Mas vou saber.

As vozes da sala se desmancham em música e, de repente, o silêncio enche o apartamento. São pouco mais de dez horas e não acredito que a minha mãe já vá dormir. Ela está batendo à minha porta e meu pigarro dilacera o convite para que entre. Parada no vão da porta, de pé, ela espera que eu termine de ler o parágrafo e abaixe o livro para então entrar. Minha mãe deita-se ao meu lado, com dois olhos brilhando de espanto.

— Meu doce, que foi isso que te deu? Nunca te vi pegar em livro numa hora destas!

— A senhora nem imagina que história sensacional. Um rapaz, um advogado, está alucinado por uma prostituta, mas uma mulher que é uma deusa, de tão linda, mãe. Ele sabe da vida dela e se revolta, mas a paixão é maior do que a repulsa, e ele está sofrendo muito.

— Credo, Aline, mas você lendo uma história dessas?

— Mãe, como a senhora está ficando careta. Eu já sou uma mulher, entendeu?

— Uma mulher?!

— Eu quero dizer que não sou mais a criança que a senhora pensa, mãe. Eu não acredito mais em cegonha, está certo?

— Verdade, filhinha. É mesmo. Eu é que esqueço que a minha gatinha já é um pedaço de mulher.

Ficamos de mãos dadas, as duas pensando, me parece, no tempo que não para. A gente não vê o tempo passar, a não ser de ponto em ponto, quando já passou, quando já é passado. E o futuro? É uma vertigem, um vazio que nos engole, que me dá medo porque não sei como vai ser. Eu com a confissão na boca que não se abre, com o desejo de uma certeza que não encontro em mim mesma e com a necessidade de não revelar o meu segredo. Esse encontro, a hora e o local, a ninguém pode ser revelado.

— Você não entrou hoje no chat?

— Só um pouquinho, mãe. Tive de estudar algumas matérias que não entendi hoje de manhã, porque todo mundo ficava querendo saber coisas sobre o assalto ao banco. Não me deram sossego nem na classe.

Senti a minha mão apertada.

— Ah, filhinha, como fico contente com isso. Será que o assalto de ontem, enfim, será que ele ajudou em algum sentido?

Eu ainda não tinha pensado nisso, nem acho que os acontecimentos de ontem foram tão importantes para mudanças de atitude que há tempos eu vinha me prometendo. Então me lembrei do juramento.

— Na hora em que a senhora apareceu com o cano do revólver na nuca, eu jurei que ia frequentar menos a internet e ia estudar mais se a senhora não se machucasse.

Acho que a minha mãe está muito perto de chorar porque seus olhos brilham molhados. Seu olhar, contudo, é de quem está muito feliz. Ela não diz nada, mas quase me sufoca com um abraço.

15

Véspera de prova

De repente vou sentindo que posso ter tanta competência como qualquer um dos colegas, e isso me enche de uma coragem tão alegre que me ponho a cantarolar umas melodias que vou inventando enquanto esquento o leite.

A Carol também já terminou os exercícios dela e vem com os olhos ainda cheios de fórmulas, problemas e soluções, para a mesa da cozinha. Estamos estudando desde o início dos tempos. Tiramos uma folguinha de meia hora depois do almoço e começamos a estudar. Amanhã vai ser a prova de Física e ela veio almoçar aqui em casa.

Enquanto o leite não ferve, vejo FfF e x =}<s dançando na minha frente. Porque o vetor x mais o plano inclinado e a mediatriz. Mas estou aliviada porque acho que entendi a matéria. Gosto de movimento. Depois do lanche, vamos passar o capítulo da termologia, que eu já sei, mas é bom revisar.

Taí, o leite esquentou e aumentou de volume.

Aproveito nossa folga e acabo contando à Carol a proposta que o Fabrício me fez. Não havia necessidade nenhuma de revelar meu segredo, mas é muito para uma cabeça guardar sozinha. Não conto tudo, os detalhes como hora e lugar, mas digo que vai ser no domingo.

— No domingo, Aline?

Faltam três dias e começa a aumentar a minha ansiedade. Apesar do meu Plano Tático para Retirada de Emergência, sinto um pouco de medo na barriga fria. E se a figura dele não me agradar? O cretino não botou uma foto só que fosse decente no *orkut*. Porque, se ele tiver uma cara de jegue, meu Deus, o que é que eu vou fazer? Não sei se vou saber gostar só das palavras dele, daqueles pensamentos lindos que ele revela. Ele tem razão, quando fala do amor. Sei que tem. Mas ainda não aprendi a amar como ele diz que deve ser o amor. Nem sei se tenho pressa de aprender.

— Pois é, no domingo.

— Mas você é louca, Aline. Você não sabe quem é o cara, não sabe nada dele, como é que embarca numa canoa dessa, garota?

— Como, não sei? Ele já me disse muita coisa a seu respeito.

— Ai, queridinha ingênua! Uma coisa é o que ele diz, outra coisa pode ser o que ele é. Como é que você vai saber se ele falou a verdade?

As pessoas como a Carol e a minha mãe não acreditam em mim, nem mesmo se eu contar tudo o que a gente já trocou de informações, de pensamentos, de opiniões, desde que nos conhecemos. Elas não sabem as coisas que ele diz, elas não sabem ler em uma alma que se abriu. Eu vi, eu já vi a alma do Fabrício, mas não consigo mostrar a ninguém o que eu, e só eu, vi lá dentro.

— Olhe, para que você não fique estressada como a minha mãe, vou te contar um segredo: eu tenho um Plano Tático para Retirada de Emergência. Você entendeu?

— Não.

— Pois me aguarde, que na segunda eu te conto como foi.

O cheiro do chocolate está no vapor que sobe entre nós duas. Corto o bolo e sirvo a minha colega, cujo entusiasmo nem de longe se iguala ao meu. Minha mãe diz que, se eu não praticasse a quantidade de exercícios que eu pratico, já tinha virado uma baleia. Depois de mastigar um tempo, a Carol volta ao assunto:

— E a tua mãe, o que é que ela diz de tudo isso?

— Ela sabe muito pouco, porque nem tudo que eu te disse eu disse a ela também. Mas com o pouco que ela sabe, já se estressou comigo.

— Você é doida. Completamente doida.

— Pode ser, mas eu estou decidida a encarar este encontro. E sabe o que mais? Pra todos os efeitos, no domingo nós duas vamos ao cinema. Você está me entendendo?

— Deixa comigo.

Continuamos a comer em silêncio. Ela com os pensamentos dela, eu com os meus. De repente ela quase dá um pulo da cadeira.

— Mas, Aline, e se for um bandido, um sequestrador? Você não viu o que aconteceu anteontem com a sua mãe? Não ficou com medo, não?

Termino de mastigar já sorrindo.

— Calma, garotinha. Então para que é que você pensa que bolei o Plano Tático para Retirada de Emergência?

— E a sua mãe, tudo bem com ela?

— Ela está bem, sim. Ela só se queixa do cansaço, mas eu tenho a impressão de que ela cansa é por causa da tensão. Evita comentários sobre o assalto, querendo me proteger. Eles sempre fazem assim: escondem um assunto achando que com isso ele não existe.

Encho de chocolate mais uma vez a minha xícara e tenho de insistir muito para que a Carol aceite mais um pouquinho. Ela tem tendência para engordar. Também, esta menina nunca tira a bunda do sofá. Ofereço outra fatia do bolo e ela recusa prontamente.

— Meu Deus, não sei como você se conserva magra desse jeito!

O bolo está uma delícia. Minha avó fazia um bolo de laranja até mais gostoso do que este, mas acho que ela perdeu a receita, porque não faz mais.

— E você bem que podia fazer um pouquinho de exercício de vez em quando.

A Carol faz uma cara de sono como quem diz: não canse a minha beleza. Ela já terminou de tomar o seu chocolate e agora fica me olhando com o olhar de um asco tão morno que quase chega a ser uma inveja.

— Ah, me conta uma coisa: você e o Ricardo continuam ficando, não é mesmo? Então você não acha que isso já é namoro, sei lá, uma espécie de compromisso?

— É, acho que sim.

— Você sente vontade de sair com outros, nem que seja para ficar uma tarde só?

— Não. Vontade nenhuma. Os outros todos me parecem muito panacas. Não dá pé, não. Só me sinto bem com o Ricardo. Se pudesse, passava o dia inteiro com ele.

— E a noite, não?

Nós rimos porque a ideia do sexo é sempre muito excitante, uma coisa que parece correr por dentro das veias da gente, mas que é preciso saber esperar a hora certa. Conheço algumas meninas para quem o sexo não é mais mistério. Uma delas engravidou e abandonou a escola. Outra fez um aborto malfeito e quase morreu. Eu, hein!, com tanta pílula e camisinha por aí dando sopa, é ser muito pamonha. A Carol e eu, a Dora também, nós somos do grupo das cinderelas, como as outras nos chamam.

— Bem, quando chegar a hora, por que não?

— Você não acha que isso tudo que você sente pelo Ricardo já é amor?

— Ah, Aline, nem me interessa saber o nome do que sinto, só sei que não existe mais ninguém no mundo quando estou com ele.

— E se eu te disser que é exatamente o que sinto pelo Fabrício?

— Não, criatura, não é a mesma coisa! Você não pode amar uma ideia. Pode não ter nada por dentro dela. E daí?

— E daí eu não sei, mas se tiver alguma coisa por dentro, essa coisa é minha.

— Ou você é dela.

Me surpreendo rindo de boca fechada e vejo o olhar severo da minha mãe. Então abro meu sorriso, que fica da cor da alegria.

— Pois não é assim o amor?

Olho para o relógio da parede e convido a Carol para a sala de estudos. Temos muito problema ainda a resolver nesta tarde.

16

Calor e movimento

Cumpro sem muita convicção, porque não sei como poderia ser. Cumpro porque foi assim que encontrei o mundo. É um ritual que ninguém me garante ser necessário, a não ser para manter a tradição. Nem tudo o que "sempre foi assim" tem razão para continuar sendo, mas de nada me adianta desconfiar se desconfio sozinha. Então cumpro. Dizem que a gravata já teve uma utilidade prática. Não tem mais. E a gola, será que já serviu para alguma coisa? Mas hoje estou em paz com o universo: amanhã vai ser sábado e vou com a minha mãe e o Sérgio ao cinema. O susto que levamos na terça já passou. Depois de amanhã, bom, ainda não sei o que vai ser. Hoje só tenho de mostrar que sei alguma coisa sobre calor e movimento.

O professor acaba de entrar e nos olha por trás do seu fundo de garrafa. Ele sabe tudo de Física, mas o coitado é parco de físico. Pelo menos é a impressão que me dá, pois anda sempre dentro de umas roupas sobrando. O pigarro dele, antes de nos cumprimentar, é muito franzino. Então faz aquelas recomendações sobre comunicação proibida e consulta a material próprio ou alheio. Ele pede para um aluno e uma aluna lá da frente distribuírem as provas. Estou tranquila porque sinto que sei a matéria. Mas não me convenço de que tudo isso seja uma necessidade.

O buço da Dora está úmido e os seus olhos parados não estão vendo nada aqui do lado de fora. Ela não pôde estudar com a

gente. Não pôde ou não quis, como saber? Parece que a Dora andou jogando charme pra cima do Ricardo. A Carol não me contou nada ontem, mas acho que ela também não sabia ainda. A Dora não é culpada sozinha. A própria Carol não vivia dizendo que estava apenas ficando com o Ricardo? Recebo a prova com a mão direita sem tremer. Calor e movimento. Se estão ficando, não existe compromisso, e qualquer uma pode dar em cima do garoto dela.

Acho que estou com alguma dificuldade de concentração. Movimento e calor. Primeiro uma olhada prévia, como aprendi. A Carol não tem razão nenhuma de estar bronqueada com a Dora. Acho que sei tudo. Vou contar até três e depois disso não devo pensar em mais nada que não seja a prova.

Eu não sei segurar o meu pensamento e ele muitas vezes é que me conduz, como se eu fosse uma cega. O Sérgio era indiferente pra mim no tempo em que não ocupava tanto espaço assim na nossa vida. Quando começou a ocupar todo o tempo livre da minha mãe, um dia eu pensei: não gosto dele. Pronto, aí eu sabia que não gostava do Sérgio, pois tinha tido um pensamento de não gostar. Na terça-feira, quando ele foi me buscar no colégio, eu pensei assim: eu gosto dele. E eu pensei um pensamento que, apesar de ágil, naquela hora era largo e pesado, e agora eu sei que estou gostando. Mas ele que não me venha dar uma de pai, querendo mandar em mim, porque meu pai é um só.

E este silêncio, meu Deus? Só eu ainda não comecei a prova.

Esta primeira é baba.

1. Um menino deixa cair uma garrafa do alto de um edifício e, após 4s, a garrafa atinge o solo. Despreze a resistência do ar e considere $g = 10$ m/s². Determine a altura do edifício.

SOLUÇÃO:
Para determinarmos a altura H do edifício, basta calcularmos o espaço percorrido pela bolinha após 4s. Veja:

Resposta:

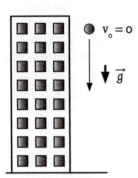

$$H = \frac{gt^2}{2} \Rightarrow H = \frac{10 \cdot (4)^2}{2} \Rightarrow H = 80 \text{ m}$$

Isso aí eu e a Carol vimos ontem. Queda livre. Bem, não adianta ter pressa, que o professor não deixa a gente sair antes do sinal. A Carol está me olhando com vontade de rir. Ela disfarça os olhos com a mão segurando a testa. Ela também deve ter achado muito fácil.

Tenho a impressão de que não saio daqui hoje sem um dez. **Isso vai ser a glória.** A repetente, a burralda, decepcionando uns e outros desta classe, uns e outros que me olham de cima.

O Fabrício que... Ai que medo, faltam só dois dias e eu nem sei se vou ter coragem de ir a este encontro.

17

Pipoca no escuro

Mas o que eu queria mesmo, acabo de saber num clarão súbito o que antes não sabia, o que eu queria e de que precisava era que os dois não me jogassem para um canto escuro da vida deles e me deixassem sozinha. Era isso que eu queria. Agora contenho a minha vida dentro da mão? Já sei que gosto e desgosto do que eu quiser. Eu penso: quero não gostar de quiabo — e no momento seguinte tenho certeza de que não gosto de quiabo. Mesmo que nunca tenha botado quiabo na boca. Aprendi a fazer isso como quem brinca de boneca.

Eles dois na frente e eu aqui no banco de trás, somos três dentro de um carro a caminho do cinema. Estou junto. Meu pai faz seis meses que não aparece. E raramente me telefona para saber como é que eu estou. Ele não sabe que está se desmanchando em mim. Mas o Sérgio que não pense que eu preciso de alguém além da minha mãe mandando em mim.

Conter a minha vida dentro da mão é quase um conforto, mas e o Fabrício? Ele é o outro lado, a minha angústia de querer com medo. A Carol também acha que é loucura minha marcar encontro com um cara assim que eu nem conheço. Porque ela pensa que eu não conheço. Sei mais do Fabrício do que da Vera, que estuda na minha classe. E não tenho medo de conversar com ela. Meu medo, o medo que não controlo, é ele não aparecer amanhã. Então meu sonho derrete. Ou que ele seja muito diferente do que eu estou imaginando. Mas o que é mesmo que eu estou imaginando?

Minha mãe está virada para trás e acho que me perguntou alguma coisa. Ela me chama com mais firmeza e eu não sei o que ela perguntou.

— Desculpe, mãezinha, acho que me distraí.

Ela repete, e eu sei que ela repete porque agora encontro no eco a pergunta que ela tinha feito.

— Não é verdade que ontem você tirou dez na prova de Física?

— Bem, o professor ainda não corrigiu, mas nós conferimos todas as respostas, refizemos todos os cálculos depois das aulas. Tenho certeza de que tirei dez.

Sinto que há talvez um excesso de orgulho na minha resposta, um orgulho que me esquenta as duas faces, e que o sangue me espalha pelo corpo inteiro. É que não estou acostumada com nota boa nenhuma. E não é difícil me sair bem. Na hora em que eu pensei "agora eu vou gostar de Física", nessa hora foi que já tirei um dez.

Meu orgulho é ainda maior ao perceber que a minha mãe faz a pergunta olhando-me, mas com o rosto virado para o Sérgio, que não conversa muito enquanto dirige. Ela está exibindo a filhinha dela ao seu namorado, e isso não me incomoda mais.

Finalmente chegamos ao estacionamento do *shopping* e descemos do carro para um mundo que se prepara para ser o inferno em chamas. Adoro ar-condicionado. Minha mãe caminha entre nós dois — um braço para cada um. Ela está um pavão. Nesta semana tornou-se uma celebridade (onde anda há sempre alguém apontando-a) e assistiu à assinatura do acordo de paz entre a sua filha mais querida — eu — e o seu namorado preferido — e único.

O Sérgio não é de ficar rodando muito atrás de vaga perto da entrada. Ocupa a primeira que encontra. E eu não sou contra isso, porque sei de quanto exercício preciso. E caminhar pode ser leve, mas é exercício. Agora eles comentam filmes que já viram com a atriz que vamos ver. Parece que a minha mãe sai ganhando. Não perde filme com ela de jeito nenhum. Quando apresentamos "Les Sylphides", ela saiu dizendo que a partir daquele dia me escolhia como sua bailarina preferida. A vó Jô disse a mesma coisa.

Finalmente o ar-condicionado.

Só com muito esforço resisto à tentação de contar a eles que amanhã, aqui mesmo neste saguão, meu destino vai estar em jogo. Mas não posso falar. Minha mãe é muito boazinha, coisa e tal, mas, se conto isso para ela, é bem capaz de me deixar trancada no quarto, sequestrada e sem destino. Tem horas que eu penso em dar o cano e não vir, mas aí eu mesma estou deletando o meu destino. Não sei, não tenho certeza de nada. E se a minha mãe tiver razão? Agora, por exemplo, agora é uma hora dessas. Se depender da minha vontade deste exato momento (nós três caminhando na direção da bilheteria), amanhã não apareço. Invento que fiquei doente, que o meu pai chegou do Norte, qualquer coisa assim. Ainda bem que não dei meu telefone e endereço ao Fabrício.

— Sala cinco, duas inteiras e uma meia — o Sérgio responde à caixa.

Estamos adiantados meia hora, ainda podemos passear um pouco. Minha mãe entra numa loja de calçados e eu corro para fazer xixi. Na corrida quase tropeço numas garotas da minha classe. Tenho de parar e beijar o rosto de cinco colegas. Então alego a urgência em que vivo e saio correndo outra vez. Elas ficam para trás, rindo, porque encontro no *shopping* é só para rir

102

mesmo. Acostumada a ver essas meninas de uniforme, me surpreende como são bonitas.

Um garoto de bermuda marrom e camisa azul não para de olhar para mim. Cruzes! Mas é muito feio. Lá na frente estou vendo outro carinha de bermuda marrom e camisa azul. Será que é ele? Mas está de calça e o combinado foi bermuda. Estou vendo demais? Só pode ser. Parece que todos no *shopping* estão de marrom e azul.

— Oi, mãe.

Ela não encontrou, nesta loja, a sandália que está procurando. Continuamos caminhando com o passo do nosso ócio, distribuindo olhares pelas vitrines dos dois lados. Tem muita gente fazendo o mesmo e, depois de alguns encontrões, resolvemos entrar na sala cinco, cada qual com o seu saco de pipocas.

18

Apresentação formal

No banheiro, escovando os dentes, é que vejo como dormi mal. A cara não está boa, meio deformada por baixo dos olhos e descorada, sem alegria nenhuma. Me dá raiva descobrir que num dia tão importante para mim estou sem nenhum brilho. Opaca deste jeito, vou encarar o Fabrício?

Ontem à noite, pouco antes de dormir, decidi que é preciso enfrentar o destino. Depois, posso até me arrepender de ter ido, mas me arrependeria mais por ter fugido. Agora, me examinando no espelho, acho que decidi errado.

Minha mãe já está sabendo que vou passar a tarde com a Carol e que nós vamos ao cinema. Ela vai com o Sérgio visitar a família dele. "Apresentação formal", ela disse. Por isso até demonstrou um certo alívio quando falei a ela. Acho que não estava sabendo o que fazer comigo. De repente joguei a solução no seu colo.

Já sei: vou de óculos escuros para esconder a feiura. E assim melhoro o meu Plano Tático para Retirada de Emergência. Ele só vem falar comigo se eu quiser. Não vou de bermuda azul coisa nenhuma. Esta calça verde com aquela blusa toda florida, e pronto.

Preciso controlar a minha ansiedade. Tenho de passar ainda algumas horas com a minha mãe aqui no apartamento e ajo como se fosse sair imediatamente. Mas como é difícil. E tenho de disfarçar porque a Ivone, meu Deus, como a Ivone é sensível e observadora. Não posso deixar que ela desconfie de nada.

Nesta meia-luz do quarto, do meu quarto, é onde mais segura me sinto. Aqui eu tenho o domínio da alegria e do sofrimento. Estou protegida. Neste quarto ninguém me atinge. Poderia muito bem ficar dormindo a tarde toda, mas seria uma recusa de criança, da criança que eu não quero ser mais. Melhor abrir a janela e deixar o sol entrar. Ele ajuda a espantar a ansiedade.

Minha mãe vem me buscar para o café e atravessamos o apartamento abraçadas. Tão boa seria a vida assim, com o braço dela por cima dos meus ombros ou envolvendo a minha cintura. E eu tão colada nela, que sinto remorso por não lhe contar o que vou fazer. Ela está ótima de humor hoje, com um semblante iluminado. Tem dias que a minha mãe é a mulher mais bonita que conheço. Hoje ela está assim e acho que a Ivone está escondendo alguma coisa da sua filhinha. Essa história de apresentação formal à família do Sérgio, não sei, não. Isso tem cheiro de casamento.

— Credo, Aline, parece que você não come há uma semana!

Respondo sorrindo que ela é a mulher mais bonita que conheço.

— Não adianta mudar de assunto, filhinha. Você vai passar o dia com a família da Carol, mas vê se não vai bancar a esganada desse jeito na casa dos outros, meu amor. Não pode perder a classe assim.

Era isso que eu queria saber. Ela não desconfia de nada e está convencida de que a minha história é verdadeira.

— Ah, mãe, a senhora também acha que eu não sei me comportar! Mas aqui em casa é diferente, não é? Outro dia a senhora não lambeu o fundo da taça de sorvete?

— Aline! Você está inventando isso, entendeu?

Nós duas rimos da arte da minha mãe e ela avança outra vez para cima de mim.

— E eu já não te disse para não rir de boca fechada, Aline? Que coisa feia.

E como eu poderia rir de boca aberta, se estou de boca cheia?

Enquanto a minha mãe lava a louça, boto água nos vasos dela, que não são poucos. E se eu aproveitasse o tempo que ainda temos juntas e lhe contasse o que vai acontecer realmente hoje à tarde? Não sentiria este remorso que me dá coceira por dentro da garganta. Não, não posso contar, pois se nem eu, de fato, sei o que vai acontecer.

Aceito o convite da minha mãe e vamos dar umas voltas na praça do outro lado da avenida. Acho que ela não demonstra, mas também está ansiosa. Apresentação formal. Isso não existe mais, e ela falou de gozação quando disse que era uma apresentação formal à família do Sérgio. Ela simplesmente sentiu vontade de conhecer a família dele e acho que essa vontade tem um motivo: casamento. Também não vou perguntar nada a ela. Se quiser, me conta. Se não, que mantenha os seus segredos, como eu mantenho os meus.

Calça verde, blusa florida e óculos escuros.

Em vez de passear na praça, eu preferia mesmo era navegar na internet, que também ajuda a passar o tempo. Ou não. Eu seria uma idiota se perdesse uma oportunidade assim de ficar com a minha mãe. No ano passado fui muito burra. Não sei se era burrice, mas era uma coisa mais forte do que eu. Sem visitar vários *chats*, entrar no *orkut*, conversar com alguém no msn, ah, não, não conseguia fazer nada. O mundo só tinha graça se viesse na telinha do computador. Não que agora esteja inteiramente livre, ainda sinto vontade de navegar, mas acho que consigo me controlar melhor. O mundo aqui fora é meio perigoso.

Perdemos algum tempo para atravessar a avenida, porque o farol fica muito longe, e os carros passam numa velocidade nervosa e descontrolada. Depois de uma corridinha, eis-nos pisando o saibro da praça. Está uma bela manhã, que a maioria desperdiça dormindo até mais tarde. Só nós duas caminhando entre árvores e canteiros. Só nós duas. Há um mês, não conseguiria me imaginar acordada a uma hora destas em pleno domingo.

De repente, um susto: e se eles casarem, como é que eu fico?

— Mãe, e eu?

— E eu o quê, Aline? — ela me olhou surpresa.

Não quero revelar logo as minhas desconfianças e jogo tudo para um tempo virtual. Demoro um pouco para responder:

— Assim, ó, digamos que um dia vocês dois se casem, o que vocês vão fazer de mim?

A Ivone me abraça e me beija a testa.

— Não seja boba, Aline. Você acha que existe alguma força no mundo capaz de me separar de você?

Eu começo rindo, descontrolada e feliz com a resposta dela, mas me arrebenta um choro alucinado no meio do riso, que nós duas temos de sentar num banco de pedra.

— Aline, mas o que é isso, minha filha? Eu te juro, meu amor.

Suas mãos seguram-me a cabeça, e ela me beija a testa e me enxuga as lágrimas. Ah, Ivone, minha mãe, por que carregar tanto peso se ainda não sei voar? Volto a me sentir leve, alegre, e começo a rir da bobagem que foi chorar.

— A senhora acha que foi uma bobagem este choro?

— Não, minha filha, mas acho que você não tem contado tudo para mim.

Escondo o meu rosto entre os seios que me amamentaram. Ela apenas finge que não desconfia de nada. E finge muito bem. Uma artista, essa minha mãe.

Damo-nos as mãos e voltamos a percorrer as trilhas de saibro da praça. Sinto-me de rosto inchado, mas um bocado aliviada. Um menino menor do que eu passa empurrando uma carriola com ferramentas de pedreiro. Atrás dele vêm o pai, carregando um saco no ombro, e um cachorro vira-lata, indiferente ao rumo para onde vai sendo levado. Fico olhando o menino, que por certo vai trabalhar e para quem a idade nada significa. Eles atravessam a praça em diagonal e somem em uma das ruas transversais.

Deixo que eles sumam, para então perguntar:

— A senhora sabe que existem crianças que trabalham?

— Claro que sei, Aline.

— Pois então, o mundo não está errado?

— É que elas precisam, minha filha.

— Tudo bem, mas não seria melhor se elas não precisassem?

Por causa da função que exerce, a minha mãe lê jornal todos os dias, e me parece uma pessoa muito bem informada. Continuamos caminhando e apenas ouço o barulho dos carros que correm na avenida, nossos próprios passos esmagando o saibro e a voz dela, que fala e fala e fala, dizendo como é a sociedade, as coisas boas e as más.

Na volta para o apartamento, encontramos o Sérgio esperando na portaria. Ele nos cumprimenta alegre, me beija a testa e pergunta se não quero ir junto.

— Ela já tem programa, Sérgio. Não vamos atrapalhar.

— E o almoço da Aline, como é que vai ser?

— Ah, com isso você não se preocupe, que na cozinha ela se vira melhor do que eu.

— Então já pode casar — ele brinca.

O Sérgio sobe conosco, pois a minha mãe ainda precisa trocar de roupa. Eles vão almoçar na casa dos pais dele, que, pelo que ouvi, fica um bocado longe.

— Juízo, filhinha. A mamãe, antes da noite, está de volta, ouviu?

Ouço fechar-se a porta do elevador e corro para o computador, porque de súbito uma ideia me incomoda: e se aconteceu alguma coisa e ele não puder ir? Espero impaciente que entre o msn. E lá está a mensagem:

> Fabrício diz:
> Salve, Letícia! Às três horas perto da bilheteria, certo?

Às três horas. Vou gastar um tempo muito grande para preparar o meu almoço.

19

Salve, Letícia!

Faltam cinco minutos para as três e isso não é tamanho de tempo que seja uma tortura. Protegida por este cartaz, eu vejo tudo e não sou vista. Aqui posso ficar sossegada.

Vim de ônibus para não deixar rastro nenhum. De calça verde e blusa florida. E com estes óculos escuros, quem é que vai me reconhecer? A manhã passou muito lenta, e se não fosse o passeio na praça com a minha mãe, acho que eu tinha enlouquecido. Depois que ela e o Sérgio foram para a tal da "apresentação formal", levei quase uma hora preparando o meu almoço; porque é assim mesmo, quando se espera um acontecimento com hora certa, e esse acontecimento é muito importante, tudo o que se faz é apenas para ajudar a passar o tempo.

Ontem, quando estivemos aqui, havia mais gente. Este horário das três foi uma esperteza do Fabrício. Com muita gente andando por aí, ficaria mais difícil o encontro. Pois eu não vi, aí pelos corredores, umas quatro ou cinco bermudas marrons com camisa azul? Em todos eles adivinhei o Fabrício, e ontem era sábado.

Quase na hora e ele não aparece. Não pode ter esquecido, porque ainda hoje de manhã, pouco antes do meio-dia, deixou aquela mensagem no msn. Eu podia comprar um saquinho de pipoca para matar o tempo. Não, não. Prefiro não sair daqui. E se ele aparece e pensa que eu já fui embora?

A fila começa a aumentar. Há dois filmes que vão começar às três e dez. Cada vez mais gente, muitos garotos, nenhum de bermuda marrom e camisa azul. Agora tenho de me expor um pouco mais, pois fica difícil controlar quem chega e quem sai.

Finalmente, uma bermuda marrom. Como as de ontem. E com camisa azul. Meu Deus, deixa eu ver melhor. Ah, não, mas isso é muito azar. Isso não podia me acontecer. Justo agora. Quem vem dentro daquela roupa é o Gabriel. Ele para perto da bilheteria e olha para os lados, procurando alguém. Tomara que não me veja. Não quero que ninguém, além da Carol, fique sabendo deste meu encontro.

Agora já passa das três. O Fabrício está demorando. Será que é deste lado mesmo que ele ficou de esperar? Preciso conferir do outro lado, sem que o Gabriel me veja, mas não teve jeito. Aí vem ele com cara de quem viu seu anjo da guarda. Ele já me reconheceu. E agora, o que eu faço?

Fico parada, estátua presa no piso. O Gabriel me dá um beijo em cada face, se afasta um passo e me cumprimenta:

— Salve, Letícia!

Olho chocada para o Gabriel, com olhar de susto, e começo a entender. Então fecho os olhos, que espremo com violência, e penso: eu sempre gostei do Gabriel. Quando abro os olhos novamente, ele está muito parecido com o Fabrício.

— Mas então...

— Que filme você prefere ver?

— Qualquer filme que não seja de criança.

Entramos de mãos dadas na sala cinco.

Bate-papo com

Menalton Braff

A seguir, conheça mais sobre a vida,
a obra e as ideias do autor de
Antes da meia-noite.

ENTREVISTA

Os passos de um grande escritor

> **NOME:** Menalton João Braff
> **NASCIMENTO:** 23/7/1938
> **ONDE NASCEU:** Taquara (RS)
> **ONDE MORA:** Serrana (SP)
> **QUE LIVRO MARCOU SUA ADOLESCÊNCIA:** *Olhai os lírios do campo*, de Érico Veríssimo.
> **MOTIVO PARA ESCREVER UM LIVRO:** o desejo de criar linguagem e recriar o mundo.
> **MOTIVO PARA LER UM LIVRO:** fruir a linguagem e a arte de dialogar com o mundo.
> **PARA QUEM DARIA SINAL ABERTO:** o casal Marie e Pierre Curie.
> **PARA QUEM FECHARIA O SINAL:** George Walker Bush.

O escritor Menalton Braff é também professor de Língua e Literatura. Nascido em Taquara (RS), morava na capital gaúcha, quando, perseguido pela **ditadura militar**, em 1965, se viu obrigado a abandonar o curso de Economia e desaparecer como cidadão durante alguns anos. Mudou-se para São Paulo, onde se formou em Letras, tornou-se professor e **estreou na literatura**. Transferiu-se para o interior do estado em 1987, continuando a se dedicar ao magistério e à literatura.

Depois de receber vários prêmios em concursos de contos e publicar algumas obras com o pseudônimo **Salvador dos Passos**, nome de seu bisavô, ganhou o prêmio **Jabuti** em 2000, com *À sombra do cipreste*. Essa importante consagração contribuiu para que Menalton rapidamente conquistasse um **grande número** de leitores e admiradores, como os escritores Ignácio de Loyola Brandão, que o considera "uma estrela maior da literatura", e Moacyr Scliar, que enaltece a "inquietação suscitada por suas belas histórias".

Em 2003, partiu para a conquista também dos leitores jovens, estreando na **literatura juvenil** com o contundente *A esperança por um fio*.

Conheça um pouco mais o autor, lendo a entrevista a seguir.

ENTREVISTA

Menalton, como e quando você resolveu que queria ser escritor?
Quando criança, eu já gostava de cometer meus poeminhas. Andei publicando alguma coisa em jornalzinho de escola, também. Mas a ideia clara de que era preciso escrever, essa me veio no ensino médio, quando entrei em contato com a Geração de 30. Ler aqueles autores (José Lins do Rego, Jorge Amado, Graciliano Ramos, Érico Veríssimo) que falavam de coisas que estavam à minha volta, que eu identificava como sendo do meu mundo, isso foi que me deu a certeza de que queria ser escritor. Pensei: se escritor não é uma foto em preto e branco, com um nome escrito embaixo, se escritor pode ser um ente vivo, como eu, então também quero ser escritor.

No livro, Fabrício desperta em Aline o gosto pela leitura. No seu caso, quem ou o que o aproximou da literatura?
Eu aprendi a ler meio sozinho. Meu pai, que era professor, estava ensinando minha irmã, mais velha do que eu. Pendurado na mesa da sala, onde os dois ralavam, com o nariz metido onde não tinha sido chamado, aprendi a ler antes de minha irmã. Não porque fosse mais inteligente, é que me

parecia impossível continuar vivendo sem descobrir o segredo daqueles risquinhos que adquiriam significação. Então me caiu nas mãos *O Guarani*, do José de Alencar, editado pelas Edições Maravilhosas em forma de quadrinhos. Aos cinco anos de idade li sozinho essa obra, que nunca mais saiu da minha cabeça. Dali pra frente, tudo que meus irmãos mais velhos liam eu também queria ler. Não parei mais.

Em seus livros juvenis, você não se limita a apenas contar uma boa história. Em todos eles há conteúdos relevantes que despertam o jovem para a reflexão, contribuindo para a ampliação de sua visão de mundo e para o seu amadurecimento. E isso tudo vem assentado em um texto sempre primoroso, que não abre mão da qualidade literária. Essa seria a "sua fórmula" para a literatura juvenil? Como você vê a literatura voltada para os jovens?
Bem, me parece que uma história, sem qualquer outro conteúdo, uma história por si só não justifica um livro. Para mim, literatura não é entretenimento. Pode até entreter, mas tem que ir além. Acho que a literatura, quando destinada aos jovens, nem por isso deve baixar a qualidade. Os jovens merecem

ENTREVISTA

também o que se pode chamar de "alta literatura". E se o jovem de hoje não se familiariza com o texto mais elaborado, com reflexões adequadas à sua idade, mas que o estimulem a voos de pensamento mais elevado, o adulto que ele será terá dificuldades para transitar pela literatura geral.

Antes da meia-noite **possui uma estrutura narrativa diferenciada: a protagonista conta os fatos conforme eles vão acontecendo e, em paralelo, relata um passado recente, reproduzindo as suas memórias. O livro surgiu com essa estrutura já definida ou ela ocorreu no processo de desenvolvimento da narrativa?**

Na fase de concepção da obra, depois de já pensadas as situações principais, percebi que tinha uma linha narrativa bem curta e linear, mas que era necessário introduzir fatos de um tempo anterior. Ora, no caso, a técnica mais adequada me pareceu o narrador em primeira pessoa, e isso me levou a concluir que a memória da protagonista poderia agir livremente fornecendo esses fatos. E de forma mais ou menos caótica, como funciona realmente nossa memória.

Um dos aspectos que mais chamam a atenção em *Antes da meia-noite* **é a quebra de prejulgamentos por parte da protagonista Aline. Ela percebe que a diretora não é a Megera que ela imaginava, que o namorado da sua mãe até que é um cara legal, que gostar de estudar não é tão difícil, que Gabriel não é tão desinteressante assim. O que você quis passar aos seus jovens leitores com essas descobertas de Aline?**

Quis passar que nós, todos nós, carregamos em nossa formação um caminhão cheio de preconceitos. Acreditamos em "verdades" que

Fique ligado! Nada de preconceito!

Você já parou para pensar nessa palavra que usamos tanto? Pré-conceito, uma ideia que fazemos antes mesmo de ter informação... A situação mais típica é a seguinte: um fala mal, o resto da galera vai no embalo e ninguém para pra pensar no que é verdade ou não porque alguém fala mal e... não acaba mais. É um círculo vicioso que prende você na ignorância e pode levá-lo a cometer sérias injustiças!

O melhor remédio contra esse mal é buscar conhecer de verdade algo ou alguém antes de emitir qualquer opinião.

ENTREVISTA

recebemos prontas. Ora, isso distorce a realidade e faz-nos ter uma visão enviesada do mundo. E isso é muito ruim. A Aline é uma garota que está aberta à reconstrução de suas verdades. Então clichês, como da diretora megera, do namorado da mãe, futuro padrasto, insuportável, e tantos outros, começam a ser desmascarados. A atitude dela em relação à vida torna-se mais saudável.

Aline é uma personagem extremamente bem elaborada e convincente. Tão bem construída que, apesar de fictícia, parece existir de fato na realidade. Como nasceu a personagem Aline? Você se baseou em alguém para construí-la?
Convivo, dois dias por semana, com cerca de cinquenta Alines. Continuo no magistério e vivo no meio dessa garotada. Tirei um pedaço de cada uma de minhas alunas e com tais pedaços cosi a Aline.

Em algumas páginas do livro, há reproduções bem fiéis da linguagem que os internautas adolescentes usam para se comunicar, marcada por uma grafia bem própria. Você acha que escrever dessa maneira pode trazer consequências danosas para a escrita dos jovens?

Como professor, você condena esse tipo de linguagem?
Não, não me parece que a escrita do *chat* vá interferir em escala preocupante na escrita geral. Um caso ou outro, estatisticamente desprezável, é claro que vão acontecer. Em geral, nosso comportamento é estimulado pelo contexto, e a escrita não é a mesma quando forem diferentes as situações. Por isso não condeno o tipo de linguagem, conquanto haja comunicação. Se os da tribo decodificam, é a linguagem da tribo. Claro que se limitar a esse tipo de linguagem é muita pobreza, mas suponho que o usuário da internet, e

Internet vicia?
Aline reconhece que é viciada em internet e sente dificuldade em ficar longe do computador. Essa não é uma história só da ficção, acontece cada vez mais na vida real.
Para os psicólogos, o perfil de um viciado em internet é parecido com o das pessoas viciadas em outras coisas, como bebida ou drogas. São indivíduos que têm problemas de convivência, fogem de sua realidade, buscam prazer na vida virtual e chegam a ter crises de abstinência quando ficam sem se conectar!

mais especificamente do *chat*, tenha a oportunidade de se comunicar em situações diferentes e com linguagem mais rica.

Ficar horas a fio nas salas de bate-papo da internet foi uma das principais causas da repetência de Aline. Com isso você pretendeu fazer um alerta aos jovens em relação a esse comportamento? Como você encara as relações virtuais, tão comuns hoje em dia, principalmente entre os adolescentes?

Conheço alguns casos desastrosos em que o vício em msn, icq e salas de bate-papo interferiram na vida de adolescentes. Não me coloco, em termos, contra a sala de bate-papo, mas é preciso que se advirtam os jovens para os prejuízos de se perder horas e horas em uma conversa inócua, que não lhes acrescenta nada. As relações virtuais contêm em si um paradoxo. As pessoas se isolam em suas casas e perdem muito com isso, pois o contato físico, em um relacionamento, é extremamente importante. A comunicação de corpo presente é a mais rica de todas, pois conta com elementos não verbais que a auxiliam. Expressão facial, olhar, gestos, inflexão da voz, tudo aquilo de que a escrita, a mais densa que seja, não dispõe. Mas se, de um lado, existe um grande prejuízo para o

próprio processo da comunicação, de outro, a internet nos põe em contato com pessoas de qualquer lugar e isto instantaneamente.

Internet, salas de bate-papo são instrumentos que, bem utilizados, são de grande serventia. Acho que está na hora de as escolas começarem a educar seus alunos para que façam um bom uso do que a tecnologia nos põe à disposição e evitem aquilo que ela pode trazer de prejudicial.

Ao escrever *Antes da meia-noite*, **o que você mais procurou despertar nos jovens? O que você espera que neles permaneça após a leitura do livro?**

Num plano mais imediato e mais prático, gostaria que eles se lembrassem de que a vida precisa de alguma disciplina, como o horário. Hora de ler, hora de msn, hora de atividade física etc. Como formação intelectual, acho que o principal conceito é que se deve sempre desconfiar de verdades não discutidas. O preconceito, qualquer preconceito, é uma distorção, é uma visão errada da realidade. Ah, sim, e finalmente a ideia de que o mundo iluminado, o mundo fora da caverna escura e segura, este mundo de seres reais, com cheiro, cor, medida e som, este mundo é muito mais bonito.

Obras do autor

PELA EDITORA ÁTICA

A esperança por um fio (juvenil, 2003)

POR OUTRAS EDITORAS

Janela aberta (romance, 1984)
Na força de mulher (contos, 1984)
À sombra do cipreste (contos, 1999)
Que enchente me carrega? (romance, 2000)
Castelos de papel (romance, 2002)
Na teia do sol (romance, 2004)
Como peixe no aquário (juvenil, 2004)
Gambito (infantil, 2005)
A coleira no pescoço (contos, 2006)
A muralha de Adriano (romance, 2007)